元公

の就職 3

料理人になる

提出しましたが、

ゴブリンにダ

た

みたらし団子

TOブックス

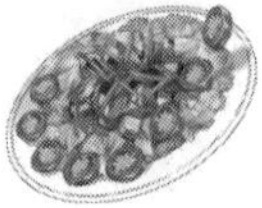

目次

MENU

魔国

シルヴィア＝フラットホワイト

銀狼姫という異名を持つ魔王軍兵士。護衛としてソフィアの旅に同行中。

ソフィア＝アーレイ

（旧：ソフィア＝アールグレイ）

アッサム王国のアールグレイ公爵家長女。
国外追放され、魔王軍の食堂に就職。
祖国を救うため、仲間とアッサムへ向かっている。

フェル＝ルシファ＝マオウ

【編纂魔法】を持つ魔王の娘。
魔王の勅命でソフィアに同行中。

ロレッタ＝フェリー

魔王軍マンデリン支部の料理人。
妖精族。ソフィアの旅に同行中。

アルフォンス＝リン

中性的美貌の魔王秘書官。
魔王の勅命で人間の国との国交回復を目指している。

シュナイダー＝ゴブ

魔王軍マンデリン支部の料理長。

トノ

謎多きフェルの飼い猫。
強い。

アンドリュー＝オルク

魔王軍マンデリン支部の副料理長。

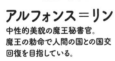

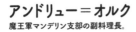

アッサム王国

アイナ＝アールグレイ

ソフィアの妹で、ローレンスの婚約者。普段はか弱い貴族令嬢を演じているが……？

ローレンス＝アッサム

アッサム王国の第一王子。
ソフィアの元婚約者。
現在はアイナと婚約中。

エリック＝ダージリン

ダージリン家の元嫡男。
セドリックにより廃嫡された。

ディック

かつてソフィアが拾った孤児。
ソフィアを逆恨みしている。

セドリック＝ダージリン

宰相。ダージリン公爵家当主で、エリックの父親。非常に優秀で国の要となる人物。働き過ぎのきらいがある。

ヘクセ商会

近年設立された謎めいた大商会。
商会の本拠地どころか、会長の名さえも不明。

アカシヤ

正体不明の情報屋。

フェノール帝国

アレン＝フェノール

第三皇子。皇位継承権こそ低いが、国民から人気が高い。

カテキン神聖王国

フローラ＝レチノール

聖女。頭脳派だが、ヤンデレ。唯一の友達・ソフィアを失い暴走中。

オーギュスト＝レチノール

聖騎士。フローラの兄。
苦手なものは、妹。

イラスト　Nardack
デザイン　柊椋（I.S.W DESIGNING）

第五章

プロローグ

その日、ダージリン公爵家では盛大なパーティーが催されていた。

その趣旨は、嫡男エリック＝ダージリンの誕生日を祝うことであり、末端の貴族から王族までアッサム王国全土の貴族が招かれていた。

『エリック様、お誕生日おめでとうございます。いやはや、噂は大抵誇張されて伝わるものですが、ご立派になられて。ますます、お父上に似てこられましたな』

と、朗らかに笑う上流貴族。

そして、その傍らにはエリックと歳の近い少女が、口を挟まず熱い視線をエリックに向けてくる。

『ああ、そう言えば紹介がまだでしたな。この子は私の娘でベロニカと申しましてな。親の身内びいきだと思いますが、将来なかなかの美人になること間違いなしでしょう。エリック様の話をしたところ、お会いしたいとせがまれましてこうして連れてきた次第です』

『もう、お父さまったら！』

愉快そうに笑う貴族男性とその娘。

エリックは『そうでしたか』と笑みを浮かべて応じるが、内心で彼らを見る目は完全に冷え切っていた。

（いい加減うんざりだ……）

今日一日で、年の近い少女をもう何人紹介されたことやら。もはや、記憶する気さえも湧いてこず、名前さえも耳に入ってこない。

既に二桁は軽く越えており、三桁に届くのではないかと思うほど。挨拶《あいさつ》のついでという体《てい》を取りながらも、その実娘ないし妹の紹介こそが本題だ。

エリックは、次期ダージリン公爵であり、アッサム王国王太子ローレンスの右腕として敏腕を振るうであろうと期待されている神童だ。今の内から縁を繋いでおくことは、貴族として常識であった。

しかし、挨拶から打って変わって隣にいる身内の少女の紹介という流れは、もはやテンプレのようになっており、エリックとしては「お前たちは定型文しか言えないのか！」と声を荒げたい気分だった。

（やるべきことはやったんだ。もう良いだろう）

一通りの挨拶を終えたエリックは一度休憩を取るため会場から席を外す。自室にでも戻ろうかと思ったが、ふいに目に入った黒いアゲハチョウに気を取られ、そのまま何かに導かれるようにして庭園へと足を運んでいた。

ダージリン公爵家自慢の庭園だ。優秀な庭師が、毎日丹精《たんせい》を込めて整備しているため、初めて見る貴族は例外なく足を止めて、その光景に魅入ってしまう。エリックは毎日見る光景のため、さほど感動を覚える訳ではないが、今日は違った。

『……っ』

思わず足を止めて息をのむ。

エリックの視線の先には、先ほど見つけたアゲハチョウに囲まれる一人の少女がいた。エリックと同じか、少し幼いくらいでアッサム王国では珍しい黒髪をしていた。

幼いながらもその美貌は完成されており、先ほどまで名前を聞く気さえ起きなかった令嬢たちとは格が違う。むしろ、こちらから名前を聞きたいと思うほど、エリックはその少女に心惹かれていた。

『おいっ、そこのお前。ここで何をしている』

ようやく出てきた言葉は、酷く高圧的でぶっきら棒なものだった。

内心ではそのことを後悔するが、おかげで少女もエリックの存在に気が付いた様子だ。背後から声を掛けられたことに驚きを見せ、慌てたように振り返る。

先ほどまで横顔しか見えていなかったが、こうして正面で向き合うと心臓の鼓動が高鳴るのを感じる。

ここは立ち入り禁止と言う訳ではないが、それでも勝手に他人様の邸宅を出歩くのはマナー違反であり、少女も後ろめたい気持ちがあるのかおどおどした様子で戸惑っている。そんな小動物のような態度に、エリックは罪悪感を覚えつつ話を切り出した。

『その恰好からして、お前もパーティーの出席者だな。どこの家のものだ?』

『私は、アイナ＝アールグレイと申します』

『アールグレイ？　アールグレイ家にお前のような娘がいたのか？』

アールグレイ公爵家は、アッサム王国において双璧をなす大貴族である。当然、今日のパーティーに当主であるガマリエル＝アールグレイとその娘のソフィア＝アールグレイは出席している。

（いや、ちょっと待て……）

どこか言いづらそうにしているアイナの様子に、エリックは思考を巡らせる。

一年ほど前、ガマリエルの妻……名前まで知らないが、その女性が病死したとセドリックが言っていたのを思い出す。

普段であれば気にもしない情報だが、愛妻家で有名だったガマリエルが最愛の妻を失ったことで執務に支障が出ており、ダージリン公爵家にも影響が出ていたため、エリックも覚えていたのだ。

最近、新しい妻を迎え気持ちを立て直してきたと言う噂を思い出して、エリックはアイナが言い淀む理由を察した。

『あのっ、何か不快な思いをさせてしまったのであれば、すぐに私はこの場を離れます。ですので、父……特に姉にはこのことを言わないでください』

無言で佇むエリックに、恐怖を覚えたのか、恐る恐る口を開くアイナ。

そのあまりにも可哀想な姿に、先ほどまで考えていたことが正しいのだと、確信した。

（なるほどな。後妻の連れ子……家名を名乗らせているということは、隠し子か何かだったのだろう）

エリックは、そう結論付けた。

隠し子の一人や二人、大物貴族であれば珍しい話ではない。むしろいて当たり前という風潮さえある。

愛妻家などと言われても、やはりガマリエルも貴族だったということだろう。

そういった背景からパーティーに参加できずにいたアイナを思うと、先ほど陽気な挨拶を交わしたソフィアに嫌悪を覚える。

『気にしなくて良い。ここが気に入ったのなら、パーティーが終わるまでの間、ここにいても構わないぞ』

エリックが絞り出した言葉に、まるで太陽のような満面の笑みを浮かべるアイナ。

先ほどまでモヤモヤしていた感情も、その笑顔を見て一気に晴れ渡ってしまった。それと同時に、心臓がドクンドクンと煩《うるさ》い位に高鳴る。

いったい、自分はどうしてしまったのだろう。

初めての感情に戸惑いを覚えながらも、アイナとの出会いで幸せな誕生日を過ごすことができたのだった。

「アイナ……」

夢から覚めたエリックはポツリと呟いた。

アイナと初めて出会った日であり、脳裏に浮かぶのは楽しそうに自分と話すアイナの笑顔……。

もう半年近く、彼女の笑顔を見ていない。

いや、一度だけあった。しかし、それは自分に向けられたものではなく、ローレンスに対して向けられたものである。そう思うと、エリックは嫉妬という激情の炎で身を焦がしそうになる。アイナの隣に立ち幸せそうな笑みを浮かべるローレンスを思って、エリックは忌々しそうな表情を浮かべた。

（どうせお前もいつかは用済み、に……）

そこまで考えて、はっとなる。

自分は何を言っているのだと、自問自答する。自分の愛した女性、アイナがそんな非情なことをするとは思えない。

（そうだ、アイナがそんなことをするはずがない。アイナは……、アイナだ）

夢の中のアイナと現実のアイナ。

疑念の種はエリックの内に芽生えた。しかし、その種は花を咲かせることはなく、再び闇に沈んでいく。

このことについて、エリックに考えるつもりは起きなかった。

それは、第三者の介入があってのものか、それとも自らの意思で敢えて考えないようにしたのか、本人でさえも分からない……。

しかし、エリックがこのことについて考えることは、もうなかった。

気分を変えるために洗面台へと向かう。

侍女が毎日用意する水甕《みずがめ》から水をすくい上げると、陰鬱《いんうつ》な気分を晴らすように荒く顔を洗う。夏の暑さに、水の冷たさは気持ちが良い。だが、いくら顔を洗おうとも、気分は全くすぐれない。

「ふっ、酷い顔だ……」

鏡に映る自分の顔を見て、思わず自嘲《じちょう》してしまう。

かつて神童とまで呼ばれたエリック＝ダージリン。鏡に映る自分を見て、誰がその少年と同一人物だと認めてくれるだろうか。

親譲りの銀髪は、艶を失って灰色に近づき、ここ最近満足に睡眠をとれていないためか白目は赤く染まっている。端正な顔立ちではあるものの、血の気がない青白い顔色はまるでアンデッドのようだった。

使用人たちは、エリックの変貌ぶりに驚き、内心では恐怖しているのが分かる。同じ屋敷内にいても、なるべく顔を合わせないようにしているのだから、気が付かない方がおかしいだろう。

だが、エリックにとって、使用人の反応などどうでも良かった。彼らの存在など、エリックにとっては背景と何ら変わりないのだから。ただ、どうしてだろうか。彼らを見ていると、無性に喉が渇くように感じる。

その変化に戸惑いを覚えながらも、エリックは身支度を終えて、屋敷を後にするのであった。

「遅かったな」

エリックが向かった先は、王都にあるスラム。

かつて、スラム全体を牛耳《ぎゅうじ》っていたギャングが使っていた豪華な部屋に、一人の少年が待ち構えていた。

彼の名前はディック。

ソフィア＝アールグレイの従者だった人物で、彼もまたアイナの優しさに惹かれた人物……ようは、自分と同じ穴の貉《むじな》だ。

「ドブネズミが随分と出世したものだな。まぁ、その代償は大きかったみたいだが」

ディックもまた、エリック同様に変化が起きていた。

髪の色はすっかりと色が抜けてしまい、ほとんど眠れていないのか目元には隈がはっきりと浮かんでおり、健康とは程遠い顔色だ。

「構うものか、おかげで力を手に入れたのだからな。もう地面を這いつくばるのは御免だ」

そう言って、エリックはネックレスを取り出す。

チェーンには、小指にはまるくらいのリングが三重に繋げられたトリプルリングが掛けられている。

色は黒で、所々色が薄くなっているように感じる。

それを見たエリックは、自身もまた首に掛けているネックレスを取り出す。最初は深紅の十字架だったそれは、いつの間にか半分ほど銀色に変わって、ツートンカラーのようになっていた。

深紅の色はどこへいったのか。

そんな疑問を抱いたのは最初だけである。時間が経つにつれて、自身の力が強大になっていくのを感じ、自分の中に入っていったのだと気づいた。ディックも似たような感覚を覚えているのだろう。

「どうやら、お気に召したようですね」

「「っ……!?」」

二人しかいない密室に突如現れた謎の人物。

声の高さから女性のようにも感じるが、その顔は道化師の仮面に隠れており分からない。体つきも凹凸《おうとつ》がないことから、どちらか判別ができなかった。

とはいえ、この人物が男であろうが女であろうがどうだっていい。ディックもエリックも、驚愕を隠す。

「貴様がそんなだから、商会自体もゴーストのように扱われるんじゃないのか。ヘクセ」

驚かされた仕返しとばかりに嫌味を言うエリックだが、当の本人ヘクセは柳に風といった態度で聞き流す。

「それが我がヘクセ商会ですから。ふふっ、胡散臭い商会というのはロマンがありませんか?」

「意味が分からないな。商人にとって、胡散臭いなどマイナスでしかないだろう。信用こそ一番大事だからな」

「どうやら、お分かりいただけないようですね。文化の違いがあるため仕方がないとはいえ、やれやれです」

芝居のかかった仕草でやれやれと手を振るヘクセ。

その態度にイラッときたエリックだったが、このままペースを握られるのも面白くないため、早速本題を切り出した。

「それで、わざわざ呼び出した理由は何だ? そんなくだらないことを言うためだけ、ということはないだろう?」

「ええ、もちろんですとも。ただ、気の早い男は嫌われますよ。人生の先輩として言わせていただくと、もう少し会話の余裕を持った方が良いですよ」

「余計なお世話だ。早く本題に入れ」

なおもいら立ちを募らせるエリックに対して、ヘクセはおちゃらけた態度で一礼をすると態度を切り替えた。

「では、本題に入るとしましょうか。一つ目は、私がお二人に提供した魔道具、その調子についてお伺いするつもりでしたが……これに関しては不要のようですね。見事に適合しているようで何よりです」

「適合している、か……」

ヘクセの言葉に、ディックがポツリと呟いた。

「おや、何か言いたそうですね？　まぁ、言いたいことは分かりますけど。ただ、私から言わせてもらいますと、その程度の変化で済んでいるということに驚愕を覚えずにはいられません」

「その言い方だと、普通はこの程度では済まないということか」

「ええ。ディック様のものであれば使った瞬間精神崩壊を招いてもおかしくはありませんから。伊《だ》達《て》に禁忌魔道具などと呼ばれていませんよ」

「「……っ!?」」

ヘクセの言葉に、二人は鋭く息をのむ。

仮面越しに覗く瞳は、無機質で自分たちを見ているようで見ていない。まるで実験動物を見ているような錯覚を覚える。

掴みかかりたい衝動が湧きあがるが、本能的に目の前の人物との格の違いを察しているため動くことさえできない。

以前は胡散臭いただの商人だと思った。だが、魔道具の力が自分の体に馴染んできたからだろうか、目の前の人物が自分たちなど歯牙にもかけない怪物に見える。

「それで、二つ目です。お二人にとって、こちらの方が重要なのではないのでしょうか。……ソフィア＝アールグレイ、彼女の居場所が分かりました」

「「何だとっ⁉」」

先ほどまで抱いていた恐怖心も、その一言によって打ち払われる。

「彼女は、どういう訳かアッサム王国に戻ってきております。目的については知りませんが、魔族と行動を共にしているということですから、何やらよからぬことを考えているかもしれませんね」

「売国奴《ばいこくど》がっ！　くそっ、あの時殺しておけば良かった！」

「復讐のつもりか。逆恨みも甚だしいな」

激しい感情を顕わにするディックとは対照的に、エリックは静かに言い放つ。しかし、二人の抱いている感情は同じく憤怒。二人の持つ魔道具が、その感情に呼応するように赤黒い光を放つ。

（ふふっ、良い感じに馴染んでいるっすね。実験は順調って感じっすね、人形たちも良い仕事をしてるっす。……それにしても、この二人は私を笑い殺そうとしているっすか、私よりもよほど道化に向いてるっすね）

ヘクセがそんなことを考えているとは知らずに、冷静を装いつつエリックが尋ねてきた。

「それで、あいつは今どこにいる？」

「北部にある賭博の町ラーベルでございます」

賭博の町ラーベル

賭博の町ラーベル。

アッサム王国東部に位置するこの町は、文字通りギャンブルによって栄えた歓楽街である。

朝は閑散とし、夜は盛大に賑わう様子から夜のない町とも呼ばれている。中心には城と評しても過言ではない立派な建物が存在感を示し、その城下町の大半は酒場となっている。住宅街となっている東町を除けば、日々至る所でギャンブルが行われているのだ。

「おいっ、まだ焼けねぇのか⁉」

「さっさとしやがれ、後ろ並んでるぞ！」

「早くしないとどうなるか、分かってんのかぁ⁉」

「は、はいっ！　少々お待ちくださいませ！」

強面の男ABCに凄まれて、泣く泣く鉄板の上で起金《おこしがね》を躍らせるソフィア。

鉄板の上では、ボアと呼ばれる豚に近い姿の魔物の肉や、どこから調達したのかエビやイカといった海産物が彩っている。

ソフィアがいったい何を作っているのかというと……。

「お待たせいたしました！　イカ玉、エビ玉、豚玉、完成しました！」

お好み焼きだった。一度に二十人分は作れるであろう鉄板に、次々と並べられる円形の食べ物……。ソフィアの視界の端には、強面ＡＢＣに負けず劣らずの強面たちがもはや数える気にもならないほどの行列を為していた。

「「「っ！」」」

ソースの食欲を誘う香りが白い湯気と共に舞い上がり、誰かが喉を鳴らす。

暴力的な香りと評しても過言ではなく、周囲にいる者の腹に直接響き渡る。完成とばかりに乗せられた鰹節《かつおぶし》は、まるで内心を表わすかのように歓喜の踊りを披露する。

彼らにとっては未知の料理。

しかし、そこに恐れの感情はない。あるのは、美味しいという確信と未知の食べ物に対する好奇心だけ。強面たちは、初めて食べるお好み焼きの虜《とりこ》となっていくのであった。

その光景を見て、ソフィアは思う。

（いったい、どうしてこうなったのでしょう？）

賭博の町に来て、何故強面の男たちに囲まれながらお好み焼きの屋台をやっているのか、と。ソフィアは今さらながら思うのであった。

数時間前――。

ダージリン公爵領の首都ベンガルはアッサム王国南部に位置している。その首都へ向かうソフィアたち一行は、国の中央やアールグレイ家が支配する西部を避け、東部を通って南下中。

その途中、東部に位置するラーベルという町に、ソフィアたちは立ちよっていた。

「くれぐれも、勝手な行動は避けてくださいね。危険があるとは思いませんが、ここは賭博の町と言われている通り、治安がかなり悪いですから」

アルフォンスはそう言い残すと、部屋を出ていく。

ヘクセ商会について調べるつもりなのだろう。ラーベルは賭博の町と言われるだけあって、裏家業を専門とする者が多い。

ザルツもヘクセ商会については表面的なことしか知らず、ラーベルにより詳しいことを知っている人物がいるということで、これから会いに行く予定だ。尤《もっと》も、その人物とて、どれだけの情報を持っているのか分からないが。

それを静かに見送るソフィアたちであったが、扉が閉じると同時にシルヴィアたち三人がソフィアの周りに集まった。

「それで、どうする?」

主語が抜けたロレッタの問いかけ。

それを受けて、フェルは意味深な表情を浮かべると服の中から一枚の封筒を取り出した。おそらく、最近魔国で話題のスパイ映画の影響を受けての仕草なのだろう。女優の醸し出すミステリアス感だけは、まったく再現できていないが。

「むふふふ。やっぱり、賭博の街に来たんだから、ギャンブルを楽しまないとね。紹介状をくれたザルツさんには感謝しないと」

「あの男、意外と気が利く」

「気が利くというか、しつこく言い寄られて渋々という感じでしたけどね」

フェルが持っている封筒の中身は、ラーベルにある高級賭博場の招待状だ。

一見《いちげん》さんお断りで、こうして紹介状を持っていないと門前払いされてしまうため、ラーベルに興味を持ったフェルが、ザルツにしつこく付きまとって紹介状を勝ち取っていた。本人曰く「悪徳商人から、紹介状を勝ち取るのはお約束だよね！」とのことだが、面と向かって悪徳商人扱いされたザルツたちは表情を引きつらせていた。

「まったく。ギャンブルは二十歳からだと法で定められているのだぞ」

「そんなこと言っていいのかなぁ？　連れていってあげないよ」

「行かないとは言っていないだろう。私には監督責任がある。お前たちだけで、行かせるわけにはいかないだろう」

ニヤニヤ笑みを浮かべるフェルに対して、シルヴィアは腰に手を当てて憮然とした表情を浮かべて言う。悲しきかな。表情こそフェルを戒《いまし》めるように憮然としているが、楽しみにしていることが一目瞭然だ。

魔道具で消しているはずの耳や尻尾が出てしまっている。もちろんそれらは、シルヴィアの内心を素直に表現してくれていた。

（でしたら、そもそも行くのを止めましょうよ）

と、内心思いつつも口に出すことはしなかった。

「……本当に、行くつもりなのですか？」

「「「当然」」」

ソフィアの問いかけに、もはや隠す気さえないのかシルヴィアまで頷く始末。もはや、ストッパーは自分だけという事実に、愕然とする。

そんなソフィアをよそに、三人はこれから行く賭博場に思いをはせ、盛り上がりを見せていた。

「最初はやっぱり、ルーレットかなぁ。スロットも良いよね」

「王道ゆえに外せない。レースも参加したいとこ」

「レースか。スライムレースはやったことがあるが……ワイバーンレースにはぜひとも参加したいものだ」

「あっ、それいい！」

「んっ、熱狂間違いなし」

「熱狂以前に、大パニックになりますからね！」

呑気に物騒な会話をする三人に、反射的に叫んでしまったソフィア。

淑女《しゅくじょ》にあるまじき声を出してしまい、顔を赤くして口元を抑える。そんなソフィアを見て、そろって首をかしげていた。

「パニックとは大げさな。たかがワイバーンだぞ」

「ん。ソフィア、大げさ」

「そうそう。ワイバーンレースでパニックなんか起きるわけないよ」

「……」

三人の言葉に、ソフィアはめまいを覚える。

文化の違い。その一言で片づけられればどれだけよかっただろうか。魔国では、ワイバーンとは子供より少し強いくらいの認識。アッサム王国で言うところのゴブリンと同じように考えられている。

しかし、アッサム王国においてワイバーンとは、空の王者として目撃情報が上がった場合、騎士団が対応しなければならないレベルだ。

そんな存在が、レース？

魔国を知らない者からすれば、与太話と断じて笑われてもおかしくない。引きつった表情で固まったソフィアをよそに、三人はワイバーンレースの話で盛り上がる。

「……なんか、意外です」

三人が仲良く盛り上がっているのを眺めて、不意に出たソフィアのひと言に一瞬首をかしげる。

「意外って？」

「三人とも、家柄で言ったら……フェルちゃんに至ってはお姫様なわけじゃないですか。そんな人たちが、そろって賭け事で盛り上がるというのは、正直意外に思いまして。これまで付き合いがあった同年代の人たちは、恋バナで盛り上がっていましたし。賭け事が話題に上がるのは、たいてい二回り上くらいの男性が多いですから」

「「「うぐっ」」」

ソフィアの純粋な一言に、胸を押さえてうめき声をあげる三人。

暗い表情で「私たちって、おっさん……」「灰色の青春」「恋バナ、なにそれ美味しいの？」などなど、わけの分からない単語が静かに響く。

部屋の中が暗くなったような錯覚を覚え、三人の声がまるで呪詛のように頭の中に直接響いてくる。

（心なしか、気温が下がったような……）

きっと気のせいだろう。

寒気を感じるが、気のせいだ。気のせいだと内心何度もつぶやき、ホラー映画のワンシーンのような光景からそっと視線を逸らす。

「バナナ、おいしい」

「バナナって……ロレッタさんが、なにか間違った結論出しちゃいました！　というよりも、どこからバナナを⁉」

一本ではなく一房を片手に持ち、無心に食べる妖精。

シュールな光景であるにもかかわらず、相手がロレッタであるためか妙に様になっている。

本人が聞けば遺憾《いかん》だとでも言いそうだが、現実とは非情だ。そんなどうでもいいことを思っていると……。

「血筋のせいだから仕方がないのだ。赤春《せいしゅん》だったなぁ……」

「なんか、字が違いませんか⁉　というより、そんな遠い目をして言うような言葉ではないと思うのですが⁉」

煤《すす》けた表情で悟りを開いたように口元に笑みを浮かべるシルヴィアに、声がけをするが返ってくるのは乾いた笑い声だけ。

「そうか、血筋だよ！　私がおっさんじゃなくて、パパがおっさんなんだよ！　ギャンブル中毒な中年オヤジだからね」

と、わけの分からない理論でポンと手をたたくフェル。

さりげなくディスられているフェルの父こと現魔王が哀れで、ソフィアは複雑な表情を浮かべながらフォローをする。

「フェルちゃんのパパというと、魔王様のことですよね。中毒というのは流石に言いすぎなのでは？　偉大な方であっても、息抜きに賭け事を嗜《たしな》んでいるだけだと思いますよ」

「息抜きに嗜む？　あははは、そんな高尚なものじゃないよ！　だって、いつも負けてパンツ一枚で酔っ払ってるんだよ！」

「えっ？」

一瞬、ソフィアはフェルが何を言っているのか分からなかった。しかし、フェルの言葉には続きがある。

「しかも、酒癖が悪くてさ。笑い上戸なのか泣き上戸なのか、いつも絡んでくるから、面倒だし雪山とか海に捨てちゃうんだよね」

――ピキッ！

フェルの何気ない一言で、ソフィアの中に存在する『偉大な魔王様像』に、音を立てて盛大な罅《ひび》が入った。

どうリアクションしていいのか分からない。

引きつった笑顔を浮かべながら視線をさまよわせていると、開いた窓から一匹のふてぶてしい猫がこちらを覗いているのが見えた。

『見なかったことにしよう』

そう聞こえたような気がするが、きっと気のせいだろう。

この凍り付いた空間に、猫は立ち寄ることなく、バナナを咥えてどこかへと去っていく。その後姿をソフィアは眺めることしかできなかった。

「んじゃあ、レッツゴー……えっと、なんて読むんだっけか。まぁいいや、なんとかクラブ！」

一人元気なフェルに連れられて、拒む間もなく宿を後にするのであった。

ソフィアたちが、こっそりと賭博場へ向かっているころ、アルフォンスたちは、南部にある酒場に立ち寄っていた。

「マスター、〝常連〟から〝おすすめ〟を頼む」

マスターに伝えるとグラスを拭く手を止めてピクリと眉を動かす。

アルフォンスも同道したクルーズもフードを目深にかぶっており、不審人物だと思われても仕方がないだろう。

しかし、キーワードとなる言葉を言ったことで、不審に思われながらもアルフォンスたちが望む返答があった。

「なら、〝エール〟だな」

「それは〝ない〟な。ならマスター〝好み〟のワインを頼む」

「分かった。少し待っていろ」

そう言い残して、マスターはカウンターの奥に消える。

「どうやら、これでいいみたいですね」

「そのようですね。まったく、面倒な……」

後姿を見送ったアルフォンスが安堵の息をつくと、生真面目な性格をしているクルーズは珍しく感情を表に出して同意する。

ザルツから聞いた情報によると、この酒場はカモフラージュで情報屋を本業としている。酒場のマスターをしている男性は、この酒場の本当の主人との橋渡しである。ザルツに指示された通りの手順で注文すれば、情報屋としての客として迎えられるという仕組みになっている。

(それにしても、この町はどこでも賭け事をしているのですね)

酒場をさっと見渡して、ふとそんなことを思う。

アルフォンスは、成人後すぐにアッサム王国を去った。

そのせいで、ラーベルについての知識はほとんど書物や人伝に聞いたものだ。酒場では当然として、外でもカードで盛り上がっている姿をたびたび目にした。

「まったく、昼間から酒とは……。ゴドウィンのやつ、誘惑に負けて飲んでいるんじゃないだろうな？」

隣では、クルーズが同じように店内を見渡して、ここにはいない同僚に思いを馳せているようだ。

ゴドウィンは、もともと傭兵上がりであり、昼間に酒を飲むことに抵抗はない。公私の分別くらいはつくだろうが、周囲に流されて飲むのではないかとクルーズは心配していた。それどころか、情報収集だと言って賭けに参加しているのではないかと不安視してさえいる様子だ。

「ゴドウィンもさすがに仕事はしっかりとやるでしょう。気にする必要はないと思いますよ」

「その点については、信用はしているつもりなのですが……」

「やはり自分もついていけばよかったと？」

「さすがにそこまでは思いません。優秀な部下たちもつけているので。ただ、部下も巻き込んでこっそり飲んでいそうな気がしまして」

「それはあり得ますね。ですが、そのくらい可愛いものですから許してあげてください」

仕事さえしっかりとしてくれれば、多少の飲酒くらいは大目に見てもいいだろう。

ただでさえ長旅でストレスが溜まっているのだ。町に立ち寄った時くらい、多少は羽を伸ばしてもいいだろう。

「分かりました。よほどひどく酔っていなければ、咎《とが》めることはしません。……ところで、アルフォンス様も心配事が？」

「ええ、まぁ。果たして、フェル様たちがおとなしく宿で待っていてくれるかという、きわめて深刻な問題がありまして」

「ああ、それは確かに。一応護衛は残してありますが、ここはかなり治安が悪いですからね。あれだけ際立った容姿の持ち主が自由に出歩かれるのは」

「シルヴィアも治安が悪いことは分かっているので、なるべく宿にいるように説得してくれる……とは思うのですが。なぜでしょうか、今日に限って嫌な予感がするんですよね」

シルヴィアであれば、無暗に宿から出ることは控えるはず。

そう思うのだが、なぜか不安が脳裏をよぎる。その理由が分からずにいると、テーブル席のほうに視線が止まった。

「くそぅ！　もう一回だ！」

「もう一回って、もう賭けるもんがねぇだろ。ほら、とっとと服を脱ぎやがれ」

「ぐ、ぐぬぬ」

有り金すべてを失うだけにとどまらず、服さえも取り上げられる中年オヤジ。

正直ビジュアル的に見たくもない光景だ。そっと視線を逸らすと、不意に自身の上司の姿が脳裏に浮かんだ。

（魔王様も、いつもシルヴァ様に負けていらっしゃったな）

思い浮かぶのは、魔王がシルヴィアの父であるシルヴァに負けてパンツ一枚になる光景。

魔王の威厳とは……？　常日頃から小言を言っているのだが、改善する兆しがない。視界の端に映る中年オヤジと同列視できてしまう魔王はどうかと思うが、もうそれについては諦めるほかない。

「うん？」

ふと、何か引っかかりを覚えるアルフォンス。

しかし、その疑問が晴れるよりも先に、マスターが中から出てきた。

「入りな」

ぶっきらぼうにそう伝えられると、アルフォンスはモヤモヤした気分でマスターの後ろにある扉から中へ入っていくのであった。

「なんや、お前さんらザルツの紹介でここへ来たん？」

突き当りの奥の一室に入るやいなや、情報屋らしき糸目の男が開口一番にアルフォンスにそう言ってきた。

あまりにも突然の言葉に驚きながらも、アルフォンスは外面に出すことなく、頷いた。

「ええ。ザルツ様からご紹介をいただきました。情報屋のアカシヤ様でよろしいでしょうか？」

「様なんてつけられるような大層なもんやないで。普通に話してくれて構わへんよ」

アカシヤという男の無作法に、クルーズは眉を顰《ひそ》めるものの、アルフォンスは気にした様子はなく答える。

「では、アカシヤ殿と呼ばせていただきます。私はアルフォンスと申します。こちらはクルーズと申します」

アルフォンスが自己紹介すると「硬いやつやなぁ……」と言って、嫌そうな表情を浮かべるアカシヤ。アルフォンスからすれば随分と譲歩したつもりなのだが、それでも不服なのだろう。

「アルフォンスに、クルーズかいな。まぁ、よろしゅう」

そう言ってぺこりと頭を下げると、さっそく本題に入った。

「んで、一つ聞きたいけどほんとにザルツからの紹介でえぇんやな」

「ええ、もちろんです。何か不都合でも？」

「いんや、あらへん。あらへん。……あんだけ狂わされて、他人にここを紹介できるほど回復するとは思ってへんかっただけや」

「っ⁉　それは……」

ザルツが、狂わされていた……。

その言葉に、息をのむアルフォンスであるが、対してアカシヤは薄い笑みを浮かべたまま、何か考えているようなしぐさを見せる。

そんなアカシヤの様子に、たまらずアルフォンスは尋ねた。

「あなたは、ザルツの裏で糸を引いていた人物を知っているのですか？」

「知っているとしたらなんや？」

「教えていただくことは？」

「無理やな」

アルフォンスが尋ねると、考えるそぶりも見せず否定を返す。

「貴様っ⁉」

人を食ったような態度に、クルーズは思わず声を荒げる。

そして、つかみかかろうと距離を詰めようとしたが、どういうわけか二人の距離が縮まることはない。

クルーズはそのことに驚愕していたが、一方でアルフォンスは冷静に観察しポツリとつぶやいた。

「空間魔法……ではなく、幻覚を見せているのですか」

「ほぅ、見た目通り勤勉やなぁ。その通りや、わいはこの場にいるようでいない……暴力に出ても無駄やで」

そう言って笑い声をあげるアカシヤ。

そんな人を食ったような態度に、クルーズはさらに憤るが、アルフォンスがそれを手で制する。

(この人物、思ったよりも危険かもしれません)

一目会った時から、どこか違和感を覚える人物だった。

しかし、相手は魔族ではなくただの人間。であれば、きっと気のせいだと思ったアルフォンスであるが、この幻術を見る限りそれは甘い考えだったと言わざるを得ない。

「どうして教えてくれないのか、理由を話していただけませんか?」

「理由も何も、人には勝手に他人に話されたくないことの一つや二つあるやろ。なぁ、アルフォンス＝ダージリン。いや、アルフォンス＝リン魔王秘書官殿?」

「「っ!?」」

相も変わらず平凡な容姿の糸目の男。

しかし、その一言でこの男が只者ではないことに気付かされる。アルフォンスがダージリン公爵

家の人間だったという過去を知っているだけならば、まだいい。しかし、魔王秘書官ということを知っているということは、少なくとも魔国とも通じていることになる。

「あなたはいったい何者なのですか？」

「何者もなにも……ただのしがない情報屋や。まぁ、わいのことは置いておいて、さっさと本題に入ろうや」

「……」

アカシヤから聞きたいことは山のようにある。

しかし、それに答えてはくれないだろう。それどころか、目の前にいる人物が幻覚ということを考えれば、しつこく尋ねると姿を消されるのがおちだ。

そのため、アルフォンスは重いため息を吐くと本題に入った。

「ヘクセ商会について、知っていることを教えてもらえませんか？」

「まぁ、わいの許容範囲内の情報であれば、これくらいの金額で教えてやってもええよ」

そう言って、差し出された請求書。

それを見た瞬間、アルフォンスは眉をピクリと動かし、そしてクルーズは魚のように口をパクパクさせる。

「問題ない範囲で請求したつもりやで」

その言葉に、アルフォンスは静かにクルーズに声をかけた。

「クルーズ」

「しょ、正気ですか！　いくら何でもぼったくりも良いところです！　相場の十倍以上ですよ！」

「そうですね。ですが、当然ほかの情報屋では得られない情報を教えてくれるのですよね」

「当然や」

そう言って笑みを深めるアカシヤ。

胡散臭く、つかみどころがない。しかし、蛇《じゃ》の道は蛇《へび》というように、得体のしれない紹介を調べるのであれば、この男以上適している者はいないだろう。

クルーズはアルフォンスの視線を受けて、渋々といった様子であるが、セドリックから渡されたお金から情報料を支払う。

「おおきに」

先ほどの作り物のような笑みではなく、満面の笑みを浮かべるアカシヤにすっかり毒気を抜かれてしまうものの、アルフォンスはアカシヤに問いかけた。

「では、さっそくヘクセ商会について教えてもらいましょうか」

「ヘクセ商会は、五年ほど前から本格的に活動を始めた新興商会や。とはいっても、その財力は商会どころか並みの貴族家では対抗できへんほど潤沢《じゅんたく》で、すぐさま頭角を現しおった」

「そんな情報まで……」

いきなりの爆弾発言に、クルーズは頬を引きつらせる。

落ち込んだ様子のクルーズを見て、しょうがないとアカシヤは語る。

「あんさんらが調べられへんのも仕方があらへん。会長であるヘクセの能力がひどく厄介でな、わいでも詳しくは調べられへんかった」

「会長についてまで知っているのですか⁉」

「知っとるで。とはいえ、この情報はフェアじゃないから教えへんけど」

「……っ」

喉から手が出るほど知りたい情報だが、アカシヤに語る気がないのは一目瞭然だ。渋々であるが、アルフォンスは引き下がる。

「フラボノの件では、塩の物流を絞り、ザルツに集中するように仕組んでおっただけや。ほかに比べると、関与はないも同然や」

「他というと、別の町でも似たようなことが行われているということですか？」

「その通りや。この国にはなるべく関与しないように……というよりもする必要がないといった方が適切か。まぁ、その分帝国や神聖王国では、なかなかえげつないことをしておるで」

「他国にまで影響力があるのですか。さぞかし、巨大な組織のようですね」

「いんや、そんなことはあらへん。ただ、個の実力が突出していて、まぁ厄介なことこの上ない」

そう言って嘆息するアカシヤの姿に、アルフォンスはめまいを覚える。

(得体のしれないこの男が、厄介というほどの者たちが暗躍しているとは、いったい何の冗談だ。そもそもやつらは何を考えて行動している)

アカシヤの情報は、どれも混乱を呼ぶものばかり。

その後のアカシヤからの情報も断片的なものが多く、ヘクセたちに関する情報や背後関係、目的に関するものは一切分からないまま。

輪郭《りんかく》が明らかになればなるほど、その目的が見えてこず謎が深まる一方だった。

「まぁ、こんなところやろ。どうや、金額以上の情報は渡したつもりやで」

「ええ、まぁ逆に困惑しましたが」

「ヒントは与えたんや。あとは、お前さんらが調べるべきやろ。何でもかんでも教えてもらえると思うたら大間違いやで」

まったくもってその通りだ。

クルーズはというと、おそらく今得た情報の裏を取りに行くつもりだろう。静かにメモを起こして、頭の中で割り振りを考えている様子だ。

アルフォンスもアルフォンスで魔国のほうで調べることができてしまった。一度宿屋に戻って情報を整理しようと思ったところ、アカシヤに留められる。

「そうや、サービスついでに面白い情報を教えてやる！」

どこか焦ったような声色。

演技のようにも聞こえるが、どこか真剣みがあるものだった。怪訝に思いつつも、上げようとした腰をもう一度下ろす。

それを見たアカシヤは、どこか安堵した表情で……。

（……せっかくの金づるが持っていかれてしまうとこやった）

あまりにも小さなつぶやきだったため、アルフォンスの耳にもクルーズの耳にも届かなかった。

聞き返そうとしたが、それよりも先にアカシヤが話の口火を切った。

「これから先ベンガルへ行くつもりやろ。セドリック＝ダージリンだけでなく、なかなか豪華なメンツやな」

「隠しても無駄なようですね。ええ、その通りです」

「であればだ。十中八九、ここから南下している途中で要らんちょっかいを受けることになるはずや」

「っ!?　それはいったいどういう……」

「ヘクセの情報収集能力を甘く見るべきやあらへん。それどころか、カラスが大量に飛んでおるんや」

「カラス……まさかレイブンギルドも動いているのですか!?」

アカシヤの言葉に絶叫するクルーズ。

暗殺ギルドの中でも知らぬ者がいないほど有名な武闘派集団。一人一人の能力が非常に高く、暗部でありながらも騎士団相当とも評価されている。

「なんや、知らんかったか？　親玉に関しては、堂々と魔国に侵入しておるで。しかも、銀狼姫とも一戦交えておるし」

「シルヴィアから報告がありましたが、あの男が……」

ソフィアが魔国に来たばかりの頃、シルヴィアが不審者を取り逃がしたという報告を受けていた。

「ということは、レイブンギルドに襲撃されるということですか？」

「いんや。カラスどもは……っと、ここから先はしゃべりすぎやな。一つだけ注意するのであれば、気を付けるのはカラスではなく、ネズミや蝙蝠《こうもり》や」

「ネズミに蝙蝠？」

いったい何のことを言っているのか理解できず首をかしげる。

「お前さんらは、まずスラムについて調べるとええで。そうすれば、面白いことが分かるでな」

最後のその助言を伝え終わると、先ほどまで目の前にいたアカシヤは存在せず、閑散とした部屋の一室に変り果て、まるで狐につままれたような気分に陥る二人。

しばらく呆然としたものの、すぐにそれぞれがやるべきことを思い浮かべて、それぞれが行動に出るのであった。


ラーベル北部に位置する高級賭博場テルピネン。

中央にある貴族向けの高級賭博場ラベンダを除けば、ラーベルで一、二を争うほど盛んな賭博場である。

屋敷と評しても過言ではない豪華な建物の中の一室。

パーティー会場にも使えそうな広いホールのいたるところで、カードやルーレットをはじめとした賭博が行われている。

「ふははははは！　私の辞書に敗北の二文字はないのだよ！」

「「「……」」」

強面の男たちが集まる中、この場に似合わない幼さが感じられる声が高らかに響き渡る。彼女の目の前には大量のチップが山積みとなっており、その周りはもはや死屍累々《ししるいるい》と評しても良い光景が出来上がっていた。

また、別の場所では。

「んっ、私の勝ち」

「嘘だろっ！　あの嬢ちゃんナイツで三十人抜きしやがった！」

「初心者じゃなかったのか！　くそっ、今夜の酒代持っていきやがれ！」

「顔に似合わず、毒攻め火攻めとかえげつねぇな！　大穴狙いで勝つのはたまらねぇ！　ありがとうございます！」

戦略系ボードゲームで、連勝記録を更新している少女。

その周囲では、さすがは賭博の町ラーベルというべきか、少女の連勝記録で賭けが成立していたようだ。外野もまた一喜一憂している。

そして、また別の場所では……。

「……」

「うおっ、すげぇチップの山」

「モンスターデュエルって、完全に運だよな。どっちが勝つかなんて、普通は予測できねぇし」

テルピネン名物モンスターデュエル。

その名の通り、捕獲した魔物同士を戦わせ、どちらが勝つかを賭けるものだ。魔物の良し悪しなど、競馬で馬の良し悪しを判別する以上に難しい。

それこそ、二匹のスライム、どちらが強いかなど戦闘を専門にしている人物でも分かるものではない。そのため、見て盛り上がる運要素の高いゲームだと思われているのだ。

しかし、少女の前には大量のチップが山積みになっており、周囲の者たちはおろか、従業員さえも表情を引きつらせていた。

そして、最後は……。

「ま、また負けました……」

(カモだ……)

(カモがいる)

(カモだな)

(なんでこの子こんな手札で勝負に出るのかしら?)

そんな中、一人連敗記録を更新し続けるソフィア。

アッサム王国で最もポピュラーなカードゲームで、ディーラーを挟んで他のプレイヤーと行うものだ。

ルールとしては、トランプのポーカーに近く、配られたカードでより得点の高い役を作った方が勝ちというものだ。

(なぜ勝てないのでしょうか……)

フェル、ロレッタ、シルヴィアの前には大量のチップが山積みとなっているにもかかわらず、自身の前には、チップが数枚……。

（ぐ、偶然。偶然ですよね。確率的に考えれば、次こそは……。ええ、次こそは。次こそは確実に勝てるはず）

次こそは勝てる。

そんな根拠のない確信を抱いて、ソフィアは……。

「もう一回です」

最後のチップを費やすのであった。

その勝負の結果は果たして……。


「「……」」

「……」

それから一時間後。

ホールの一角には、正座をするソフィアにシルヴィアとロレッタが腕を組んでジト目を向けている。

何が言いたいのか、それはソフィアが一番よく分かっている。後ろめたい感情があるため、余計に顔を合わせ辛く、俯《うつむ》くことしかできない。

それから数分が経ち、沈黙を破ったのはシルヴィアのため息だった。

「ギャンブルに向いていないと思ったが、まさかここまでだとは思わなかったぞ。完全にカモだと思われていただろうな」

「事実カモだった。弱いうえに、引き際を完全に見失ってた」

「手持ちがなくなった時点で引けば良いものを……まさか、借金までするとはな」

「ぐっ！」

まさにぐぅの音も出ないとはこのことだろう。

シルヴィアとロレッタの正論を受けて、ソフィアはその場に力なく伏せってしまう。

「まさか、一度も勝てないとは思わなくて……」

ついそんな言い訳が口から出てしまう。

すると、普段とは違いロレッタから鋭い視線が向けられた。

「言い訳結構。ソフィアは反省するべき」

「っ！」

ロレッタから放たれた厳しい一言に、言葉に詰まるソフィア。

言い訳を口にしたつもりはなかったのだが、ロレッタからしたら言い訳以外の何物でもない。

ましてや、ソフィアのせいで自分たちのもうけがなくなってしまったのだから、これでもまだ甘いだろう。

「ごめんなさい」

ソフィアもそれが分かったからこそ、申し訳なく思い、ただ謝ることしかできない。

「あぁ、ソフィア。勘違いしているようだから言っておくが、ロレッタは別に損をしたことに対して怒っているわけではないぞ。いや、そもそも損をしているわけではないが」

「それは、どういう……？」

「そもそもの話、この元手はお前のものだろう。もらった時よりも増やそう程度にしか考えていなかったからな。ロレッタが怒っているのは、チップが惜しいからではなくて、ゲームのほうにある」

「ゲームに？」

シルヴィアの言っている意味が分からず、困惑するソフィア。

ロレッタのほうに視線を向けると、怒っている雰囲気を見せているがシルヴィアの言葉が正しいと口を挟まず静観している。

何が言いたいのか分からずにいると、シルヴィアは頬をポリポリ掻きながら、どこか言いづらそうにソフィアに言った。

「一応聞いておくが、お前イカサマされていたことに気が付いていたか？」

シルヴィアの一言にぽかんとした表情を浮かべるソフィア。

（イカ、サマ……？　イカ様、……………………イカの王様？）

ぐるぐると思考を巡らせるが、頭の中に浮かぶのはイカの姿だけ。

スルメイカ、ホタルイカ、ダイオウイカ、アイキャンフライカ、イカ墨パスタ、赤いか、イカの姿焼きなどなど……。

そこまで考えて、ソフィアははっとなる。が、その答えが脳裏に浮かんだものの、正しいかどうか自信が持てず、おずおずとシルヴィアに尋ねた。

「クラーケンって、イカとタコどちらなのでしょうか？」

「なにがどうなったら、そんな話になる⁉」

「えっ、イカの王様の話ですよね？」

「これまでの話からして、どこからイカが現れた⁉　イカサマだ！　イ・カ・サ・マ！　要は、お前ははめられたんだよ！」

「はめ、られた……？　えっ、つまり私はイカサマされたってことですか⁉」

「だから、さっきからそう言っているだろう！」

激しい突っ込みに、はぁはぁと肩を上下させるシルヴィア。

呆然としていたソフィアは、次第に言葉を理解し始め……。

「えっ、じゃあ、私が全く勝てなかったのも、イカサマされていたからですか？」

「だからそうだと言っている。本気で気づかなかったのか……」

ソフィアの発言にシルヴィアが心底あきれた表情を浮かべる。

実際騙されていた以上反論できないがソフィアにも言い分があった。

「ですが、勝てはしませんでしたが、それなりにいい勝負ができていましたよ」

「敢えて、ギリギリの勝負を演出していただけに決まっているだろう。それでうまいこと煽られて、借金までしたとか……典型的なカモすぎるだろう」

「そ、そんなことないですよ……ね？」

「私が見た感じ、ほかのプレイヤーどころかディーラーもグルだった。ソフィアはもう少し相手を疑うべき」

「機嫌は直ったのか？」

「もともと、機嫌は悪くない。ただ、後輩がカモにされてる光景は見てて気持ちがいいものじゃなかった。……ソフィア、さっきはごめん。八つ当たりだった」

「い、いえっ！　気にしないでください！　こちらこそ、ごめんなさい！」

後輩がカモにされている光景は、ロレッタにとって面白くない光景だったのだろう。それも、大好きなゲームでだ。

ソフィアのことで憤りを覚えていてくれたというのに、逆に謝られるのはソフィアからすれば居心地が悪いを通り越して、恐縮してしまう。

「姫様が来たら、身ぐるみ全部剥いでやる」

暗い表情で「ふふふふ……」と笑うロレッタの姿は、頼もしいを通り越してもはや不気味だ。そう感じたのは、ソフィアだけでなくシルヴィアも同様だろう。怒りを覚えた相手であるが、心の中で「ご愁傷様」と同情してしまうほど、ロレッタはヤル気で満ちていた。

と、その時だった……。

「お姉ちゃん」

聞き覚えのある声が聞こえ、そちらの方に振り向く。

「フェルか。ちょうどよか……」

荒ぶるロレッタを前に、待ち人が現れ安堵の息を吐いたのもつかの間。

振り返ったシルヴィアの表情は硬直し、続いてフェルのほうを振り返ったソフィアもある意味既視感を覚える光景に同じく表情を引きつらせる。

(あぁ、二人から見た私はこんな感じだったのでしょうか)

フェルの状況。

それは、先ほどのソフィアと同様強面の男たち……テルピネンの従業員らしき人物たちに囲まれ、泣く泣く連行されている状況だった。

何があったのか。

そう尋ねる間もなく、従業員たちを代表して厳つい顔の男が、ソフィアたちに尋ねた。

「お前たちが、こいつの連れか」

「「違う」」

「ひどっ⁉」

間髪入れずに否定を入れるシルヴィアとロレッタ。

見捨てられた子犬のような目をするフェルであったが、二人は無情にもその視線を無視し、視線を合わせようともしない。

ソフィアもまた、状況が理解できているため、フェルと視線を合わせようとしない。

「ほぅ、あくまで白を切るつもりか？　まぁ、それならそれで良い。お前らが払えないというなら、こいつから借金を返してもらうまでだ」

「借金っ⁉　まさか、お前まで借金をしたのか⁉」

「嫌な予感はしたけど、信じられない。私たち以上に稼いでいたのに……」

赤の他人のふりをしようとした二人であったが、驚愕の真実に思わず目をむく。その反応に気をよくしたのは、従業員であり、こちらに対してニヤリと嫌らしい笑みを見せた。

「知り合いってことで良いんだよな。なら、話が早い」

そう言って、一枚の紙が差し出された。

アッサム王国の公用語が用いられているものの、ロレッタの翻訳魔法によって文字が読めるはずだ。しかし、細かな文字に視線を向けることはせず、その真ん中に書かれた数字を見て表情を引きつらせる。

「「「………」」」

絶句。

ソフィアの借金に劣らないどころか、むしろその倍の金額。山積みのチップを前に高笑いを上げていた人物と同一人物なのか疑いたくなる。

しかし、それが事実なのはフェルの態度を見れば明らかだ。

「調子に乗りすぎて、スキルにお灸《きゅう》を据えられたってことか」

「噂には聞いていたけど、そんなことありえるの？」

「詳しい理屈は解明されていないがな。大方、スキルが教育に悪いと思ったんだろう……だから、あえて調子に乗らせたのかもな」

何の話をしているのか、ソフィアには分からない。

しかし、スキルということはフェルが勝ち続けていたのはそのスキルのおかげなのだろう。

（そして、そのスキルにお灸を据えられたと……。スキルって自我があるのでしょうか？）

心底不思議そうに首をかしげるソフィア。

どこからか、抗議のような声が聞こえたような気がするが、すぐに気のせいだと割り切った。

「それで、この借金。お前らはどうするつもりなんだ？」

業を煮やした男が、ソフィアたちに迫ると高圧的に言ってくる。

普通の令嬢であれば恐怖に足をすくませてしまうこと間違いなしだが、シルヴィアやロレッタからすれば、チワワがにらんだ程度にしか感じられないだろう。

ソフィアも、最近は魔物と鬼ごっこをしているからか、怖いなと思いながらも粗相をしでかすことはない。

「背に腹は代えられないか」

はぁと思いため息を吐くシルヴィア。

この問題を解決する方法は、至極単純で借金を返せばいい。返すお金がないのであれば話は別だが、生憎その当てがあった。

しかし、それはシルヴィアたちにとってあまり好ましい手段ではなかったのだ。

「私が一度宿に戻って、アルフォンス殿にお金を貸してもらうとしよう。申し訳ないが、少しの間待っていてくれ。すぐに持ってこよう」

シルヴィアの言葉に、ロレッタとフェルはぎょっとした表情を浮かべる。

しかし、無い袖は振れない。この状況を打破するためには、あとで説教を受けることは仕方のないことだと割り切るしかない。

だが、そうは問屋が卸さない。

「それはいただけねぇな。こちとら、金を貸してやっているんだ。すぐに返すのが道理だとは思わないか？」

この時になって、ソフィアは気が付く。

従業員のこの男や、周囲の者たちが自分たちに視線を向けていることを。そして、対面する彼らが下卑た表情を浮かべ、周囲の者たちは口元に手を当てて楽しんでいることを……。

ソフィアよりも感覚が鋭いのだから、シルヴィアたちもその視線の意味に気が付かないはずがない。案の定、向けられている視線の意味に気が付き、顔をしかめる。

「なぁに、あんたらほどの上玉だ。その気になれば今晩で、おつりが出るほど稼げるだろうよ」

「下種《げす》が……」

借金をしているのは、自分たちで非があることを自覚している。

それゆえに、実力行使に出ることができずにいた。行動を起こすべきかと、シルヴィアやロレッタが逡巡《しゅんじゅん》していると……。

「それこそいただけん話や」

野次馬をかき分けて、一人の男が現れる。

中世的な容姿をしており、年はアルフォンスと同じくらいだろうか。端正な顔立ちというわけではなく、糸目という特徴を除けば平凡な容姿。

しかし、その身にまとう雰囲気は、どこか胡散臭さを感じさせる。

「お前は……」

突如現れた男性を見て、盛大に顔をしかめる従業員の男。

どうやら、顔見知りのようで、その顔には「厄介な奴が現れやがった」と盛大に書かれていた。

周囲の野次馬も、この男のことを知っているのだろう。

途端にざわめき始める。

唯一分からないのはソフィアたちだけで、そんな彼女たちを一瞥《いちべつ》したのち、糸目の男は厳つい男に向かって言った。

「彼女たちはわいの顧客ちゅうことになった。お前さん、この意味が分かるやろ、な？」

「「「……っ」」」

シルヴィア、ロレッタ、フェルの表情に同時に緊張が走った。

ソフィアは何も感じなかったが、目ざとく三人の変化に気が付いたソフィアは、注意深く糸目の男を見る。

（皆さんが表情を変えるような人には思えないのですが……？）

何度見ても、目の前の男は平凡な人物だ。

しかし、シルヴィアたちが表情を変えた以上何かあるのだろう。そして、その証拠に対峙している従業員の男は、額から玉のような汗を浮かべ、呼吸が荒くなっている。

平凡にしか見えない。

それなのに、非凡な現象を起こしている。そんなアンバランスさに、ソフィアは糸目の男から不気味さを覚えるのであった。

「借金はこれで足りるはずや。それでもうこの子らと関わらんことやな」

そう言って、金貨が入った袋を男に渡すと男たちは蜘蛛の子を散らすようにこの場を去っていった。その光景に唖然としたものの、いつの間にかソフィアの周りにシルヴィアたちが集まっている。

警戒したように糸目の男に視線を向ける。

「貴様、何者だ?」

「随分と警戒されてしもうたな」

困ったように、ポリポリと頬をかく男。

しかし、その動作もどこか芝居がかかっているように見えて、胡散臭い。その思いはソフィアだけではないだろう。

しかし、そんなシルヴィアたちを前に、糸目の男は苦笑を浮かべて言った。

「わいの名は、アカシヤ。しがない情報屋や」

「情報屋だと?」

「まぁ、あんさんらのお仲間の求め人ってとこやな。それよりも、こうしてみると本当に人間にしか見えへんな」

「っ⁉」

その言葉に、息をのむ。

この男は、いったいどこまで知っているのか。間違いなく、シルヴィアたちが人間ではないことを見抜いている。それどころか、魔族だということさえ知っている可能性があった。

シルヴィアとロレッタが動揺を浮かべていると、フェルが無機質な瞳で言った。

「そういう貴方こそ、人間じゃないよね」

その言葉に驚いたのは、ソフィアだけではない。

シルヴィアもロレッタも似たように驚愕をあらわにしている。しかし、男は答えることはなく、ただ意味ありげな笑みを深めるだけだった。

そして、ポンと手をたたくと……。

「話は変わるけど、さっきの金はわいにとっても手痛い出費やったわけや。お客様であったとしても返してもらわんとな」

そう言って、アカシヤの糸目が見開かれる。

目は全く笑っておらず、口元には笑みを浮かべている。得体のしれない不気味さ……ではなく、嫌な予感に背筋がぞわぞわする感覚を覚えた。

「体で払ってもらうで。嫌とは言わせへんで」

そして、冒頭に戻る。

「イカ玉三つ、豚玉一つ、海老玉四つ、ミックス玉十、たこ焼き八人前！」

フェルの悲鳴交じりの声がテルピネンに響き渡る。

(体で支払うってこういうことですかっ！)

耳年増《みみどしま》であるソフィアは、口に出すことも憚《はばか》られることを要求されると思った。

しかし、体でとは肉体というわけではなく、単に労働力という意味でつかわれていた。いろいろと妄想してしまった自分が馬鹿馬鹿しくなるほどの忙しさ。

一人満面の笑みを浮かべて山積みとなった金貨を数えるアカシヤの姿には、殺意さえも覚える。

それはほかの者も同様だろう。

「たこ焼き十五人前焼けた」

ソフィアの隣の屋台では、黙々とたこ焼きを作るロレッタの姿があった。

鉄板の大きさはソフィアのものよりも一回り以上小さい。しかし、ロレッタは料理魔法がなく、腕二本で焼き続けているのだ。

下ごしらえはソフィアが担当しているとしても、腕への負担は相当なものになっている。死んだ魚のような目で「なんで私の腕は二本なんだろう……」とつぶやく姿には、もはや哀愁が漂っている。

「追加注文！　たこ焼き十一人前、マヨネーズはからしマヨ三つに明太マヨ五つ、普通が三つ！それと、イカ玉四つに、海老玉五つ、トノデラックス一つに、キムチとモダン一つずつ……トノまだ食べるの！　というよりも、これ誰が書いたの⁉」

『にゃぁ』

大量の強面の客を相手に、一人接客を続けるフェル。

トノはというと、お好み焼きを焼き始めた頃に現れ、たこ焼きやお好み焼きに舌鼓《したづつみ》を打っていた。

焼き立てを食べ続ける姿に、猫なのに猫舌じゃないのかと、心の中で突っ込みを入れてしまうのは仕方がないことだろう。

「もうタコがない」

「こっちも海老が足りません」

「ちょっと待て、すぐに釣り上げる！　そこに入っているのを持っていってやれ！」

中庭にある普通の池。

そこで、釣竿を振り続けるシルヴィア。その足元には巨大なバケツがあり、次々と釣竿で釣り上げられるタコやイカが入っていた。

「……あの池って、海につながっているんですか？」

素朴な疑問だった。

内陸国であるアッサム王国では、まず見ることができない海の魚介。あの池から釣れたものだとは到底思えない。

「不思議なことはない。スキルレベルが高ければ、このくらいの池でも深海魚を釣り上げることができるぞ」

「物理的にあり得ないですよね！」

「そこは、ほらスキルの不思議だよ」

「スキルの力は偉大」

「それで片づけていい問題なんですか……」

池で海水魚を釣り上げ続ける光景に、釈然としない感情を覚えるソフィア。

それはおそらく野次馬たちも同様だろう。従業員に至っては、日ごろ手入れをしている池から訳が分からない魚が釣られ続けているのだから、引きつった表情も納得だ。

だが、今はスキルについて話している余裕はない。

「話してる暇があったら、とっとと焼きやがれ！」

強面Wからの怒号が飛ぶ。

反射的にビクッとしたソフィアであるが、それでも手元が狂うことはない。料理魔法でタコやらイカやら海老やらを調理しつつ種を作り続ける。

時折なにか、クラーケンらしきタコなのかイカなのかよく分からないものも交じっているように感じるがきっと気のせいだろう。

全長三メートルで物騒な鋏《はさみ》を持っていても、ただの海老……。周囲から引きつった表情で見守られながら、ソフィアは必死に料理をし続けるのであった。

「これはうめぇな！　何枚でも食べられるぞ！」

「このソース、なんて洗練された味だ！　ぜひとも、売ってくれ！　金ならばいくらでも出す！」

「あんな不気味な生き物が、こんなにもおいしいなんて」

「……あれは池なのか。池だよな。池だったはず……」

「憎きクラーケンのくせに……なぜこんなに旨いのじゃぁああああああああ！！！」

ソフィアたちの屋台の前では混沌が広がっていた。

強面の男ＡＢＣズは、とても子供には見せられないような幸せそうな笑みを浮かべ、お好み焼きをほおばる。リスのように愛くるしい……はずもなく、一度見たら脳から離れない悪夢のような絵面となっていた。

「よ、ようやく終わったぁ……」

時間も時間のため、ようやく解放されたソフィアたちは思わずその場でへたり込んでしまう。あまりにもハードな時間。それが過ぎ去り、ようやく得た休息の時間だったが、そこに先ほどまでニヤニヤと金を数えていたアカシアが現れた。

「おおきに。おかげで随分と稼がせてもろうたわ」

「客として扱いながら、随分と客使いが荒いものだな」

シルヴィアから氷点下の視線を受けながらも、アカシアは答える様子がない。むしろ愉快だとばかりに笑みを深めるばかり。

「まぁまぁ、そんな怒らんといてや。ちょっとしたサービスをしておいてあげたんや」

「サービスだと？」

いったい何のことを指しているのか分からず首をかしげるソフィアたち。しかし、アカシアは答えるつもりはないのか、「あっ、そうや」と言ってポンと手をたたく。

「いい情報を教えたるで」

「どうでもいい情報でしょ」

「同感」

「いや、意外といい情報かもしれませんよ」

アカシヤにジト目を向けるフェルとロレッタを嗜めるソフィアであるが、信用できない気持ちは同じだ。

だが、続く言葉に、そんな思いは吹き飛んでしまった。

「人形、見えなくなったんとちゃう？」

「「っ!?」」

その言葉にすぐさま反応したのは、ソフィアとフェルだった。

アカシヤの指摘通り、この場にはそれなりの人数人形持ちがいた。ザルツの時のように明確な姿を持っているわけではなく、どこかノイズがかかったような姿。

しかし、それがいつの間にか消え去っていた。

原因は何か……、状況からしてソフィアの料理であることは間違いない。だが、それよりも解せないのは……。

「あなたはいったい何者なんですか？」

震える声でソフィアはアカシヤに尋ねる。

しかし、アカシヤは答えることはせず、どこか愉快そうに笑みを深めるだけ。質問に答えるつもりが一切ないのだろう。

業を煮やしたフェルが詰め寄ろうとすると、それよりも先にアカシヤが口を開いた。

「そろそろ保護者が宿にお土産を持って帰るお時間や……いないと分かれば、どうなるやろうな？」

「「「……っ」」」

その一言が決め手となった。

一瞬の動揺。アカシヤから目を離したのはほんのわずかな時間だった。しかし、次の瞬間には、まるで狐につままれたかのようにアカシヤの姿は消えていた。

「フェル、あの男は？」

「逃げられた」

シルヴィアが尋ねると、肩を落として首を横に振るフェル。

フェルから逃げられたことに驚いたのか、目を丸くする二人。しかし、これ以上この場にとどまる理由もなく、すぐに考えを切り替える。

手早く荷物を片付けると、フェルの魔法で直接宿へ転移をする。その先に待ち構えていたのは……。

「随分とお楽しみだったようですね」

銀髪の美青年が、腕を組んで満面の笑顔を浮かべている光景だった。

その光景を見てソフィアたちは思った……。

(((あの糸目、許さない)))

ソフィアたちがラーベルを発《た》つまでの間、アカシヤと出会うことはなかったのだった。

聖女と皇子

「ようやく出発ですね。まったく手間取らせてくれます」

そう小さく悪態をつくのは、カテキン神聖王国の聖女フローラ＝レチノールだった。温厚で慈悲深く聖女の鏡とまで言われ、信者たちから崇《あが》められている少女と同一人物だとは誰が思うか。

しかし、残念ながらこの場には兄であるオーギュストしかおらず、妹の本当の姿を知り胃を痛めるのは彼だけだった。

（くそっ、あいつらめ。余計な気を遣いやがって）

思い浮かべるのは、この状況に追いやった自分の部下たち。

フローラにせがまれて、上司であるオーギュストを売ったのだ。彼らからすれば、不安な妹のそばにいさせてあげたという側面があるだろうが、オーギュストには残念ながら妹フローラと二人で馬車に乗る行為は罰ゲーム以外の何物でもない。

「お兄様、いくら何でも挙動不審ですよ。仮にも聖騎士の一人なのですから、しっかりとしてくださいませ」

「あ、ああ、すまない……」

じろりと睨まれて、たじたじとなってしまうオーギュスト。

その姿を見て、だれが聖騎士と思うだろうか。フローラは、嘆かわしいとばかりにため息を吐いた。

「聖騎士たるもの、そう簡単に謝るものではないですよ。……まったく、お兄様のせいでソフィアちゃんからの評価が下がったらどうするつもりですか」

「民の評価よりもアールグレイ嬢の評価を気にするのか」

「なにか？」

再び、今度はギロリとにらまれ、オーギュストは黙ってしまう。

「話は変わるのだが、そろそろなぜ直接行くのか理由を聞いてもいいか？」

「いやがらせに決まっています」

「は？」

困惑するオーギュストをよそに、フローラは淡々と語り始める。

「アッサム王国は、あの憎き公爵がいるからこそ今なお地図上から消えていません。これまで気に入らないと思いながらも、手を出すチャンスに恵まれませんでした。手負いの獅子ほど危険とは言いますが、最高の好機を無駄にする気はありませんよ」

「いやいやっ！　だったら、その隙をついてもっとやるべきことがあるだろう！　それほど危険だと思っているなら、この機会に追い落とすとか！」

あまりにもくだらない理由に、絶叫するオーギュスト。

フローラのみならず、カテキン神聖王国には、セドリック＝ダージリンに苦渋を飲まされた者は五万といる。

そんな怪物が、すっかり弱り切っているというのに、行うのは嫌がらせ……。オーギュストが異議ありと声高に叫ぶと、絶対零度の視線をフローラから向けられる。

「愚かだと前々から思っていましたが、ここまでとは思っていませんでしたね。私がセドリック＝ダージリンに直接手を下した場合のデメリットを考えてください」

「なに？」

言われてみて気が付く。

確かに、フローラの言う通り今が絶好のチャンスである。しかし、その機会を使ってフローラが追い落としたところで、一番メリットがあるのはどこか……。

（ダージリン公爵の排除は、王国以外にも利がある。わざわざこちらがリスクを負ってまで追い落とす必要があるのか？）

確かにメリットがあるものの、デメリットも大きい。

それどころか、こちらが弱った獅子にとどめを刺しに行ったところで、横からかっさらわれる可能性もあるのだ。

帝国や自治領の魑魅魍魎《ちみもうりょう》どもであれば、動かない方がおかしいだろう。

そんな風に考えていると、はかなげな表情で窓から外を見ているフローラの姿が目に映る。人の皮をかぶった悪魔か何かではないかと常々思っているオーギュストであるが、兄のひいき目抜きにフローラの顔立ちは整っている。

思慮深い瞳に、聖母の慈愛を彷彿させる優しい笑みはどこかはかなげ。まるで絵画の一枚のような光景に、外ではオーギュストの部下たちが騒ぎ立てている。

その光景を見て、オーギュストは思った。

——聖女として、外聞が悪い。

フローラが、直接手を下さない理由。

それは、聖女として民から崇められているため、黒い噂を立てるわけにはいかない。ソフィア命のようなフローラであるが、自国愛を持ち合わせているということだろう。

恐ろしいと思っていた妹であるが、そう思ってしまうと胸が熱くなるのを感じた。

「そうか、お前は民のため国のために行動していたのだな。分かった。指示さえ出してくれれば、私がダージリン公爵を討とう」

汚れ役は兄である自分が引き受ける。

そう言って決意を固めたオーギュストであるが、フローラから返ってきたのは凍てつくような氷の視線……よりもさらに酷いまるでごみくずを見るようなものだった。

「は？　何を言っているんですか愚兄。いくら憎かろうが仕留めてしまえば、ソフィアちゃんが悲しむでしょう。殺しますよ」

「……」

前言撤回。

フローラは、ソフィア命であり、国や民のことなど何も考えていなかった。しかし、力があるからこそなおたちが悪い。

　聖女とは、なんだろうか？

　実の兄に向かって殺気を向けてくるフローラの姿に、聖女というよりも悪魔のほうがふさわしいと思ってしまうオーギュスト。しかし、それを口にすることはしない。緊張のあまり引きつった表情を浮かべていると、フローラがため息を吐いた。

「お兄様が納得しないようなので、少しだけ教えて差し上げます。あくまで、第一の目的はソフィアちゃんの生存確認……いえ、生きていることは間違いありませんが、どのような状況に陥っているのか把握すること。あわよくば、そのまま我が国に……うふふ」

（うわぁ……）

　以前、忘れていったというソフィアの私物らしきハンカチを抱えて、きゃっきゃっうふふする妹にドン引きする兄。

　いったい何を想像しているのか。フローラの考えていることが普段であれば想像もできないが、脳内を映し出すようなピンク色の空気が、見たくもない妹の姿を映し出していた。

　妄想に耽《ふけ》っていたフローラであるが、気まずそうなオーギュストの視線に気が付いたのか、乱れた髪型を手で直し、座りなおすとコホンと咳払いをした。

「それで二つ目は、セドリック＝ダージリンへの嫌がらせ。正直言って、彼に舞台から降りられると、この絶妙なパワーバランスが崩れてしまい、そのまま戦争の引き金になりかねませんから」

「くだらない理由の中に、壮絶な理由を混ぜるのはやめてくれ」

「壮絶な理由ということは、目的も壮絶であり、くだらなくはありませんよ。うまくいけば、ソフィアちゃんが失望してくれるかもしれないじゃないですか」

「ああ、そうだな」

もうどうでもいいと投げやりの態度になるオーギュスト。

この後いくつか理由が並んだとして、ソフィア関係であることは間違いないだろう。そんな風に考えていると……。

「そして最後に三つ目。これは心底どうでもいいのですが、ベンガルにはヤグルマギクのタヌキや帝国の子ザルが向かっているという情報を得ています」

「なっ⁉」

フローラとの付き合いは間違いなく一番長い。

それゆえに、フローラの指す人物がだれなのかすぐに理解できてしまう。タヌキと暗喩《あんゆ》するのは、シアニン自治領のマルクス＝ヤグルマギク。そして、子ザルとはアレン＝フェノールのことだ。

「そんな大物までベンガルへ向かっているというのか！　いやっ、それをどうやって知った」

「まぁ、お兄様であればいいでしょう。聖女付きの暗部があり、お兄様の元同僚もそこで一生懸命働いていますよ。聖騎士って、本当に使い勝手がいいですね」

その言葉に、少し前に辞めていった同僚を思い出す。

彼女は去り際「オーギュストさん、悪魔に魂を売った私ですが今後とも仲良くしてください」と言っていた。

悪魔とは何なのか。

その時は何の話をしているのか理解できなかった。しかし、疲れた表情を浮かべる聖騎士長や暗い表情をする彼女の姿を思い出して、フローラの発言に納得がいった。

（悪魔に魂を売る？　ははっ、私など生まれた時から悪魔に心臓を握られているようなものだぞ）

哀れとも思わない。

次に会った時は、「ようこそ、同朋《どうぼう》」ともろ手を挙げて歓迎しようではないか。そんな現実逃避に不気味な笑みを浮かべていると、フローラが「うわぁ」と変人を見るような目で引いていた。

なぜだろうか。フローラにそんな反応をされるのは、オーギュストとしても不服なのだが。

「それはさておき。あの二人が集まるのですから、おそらく会議では今後迎えてしまうであろう戦乱……そこで自分たちの身の振り方を決めることになるでしょうね。それは、アッサム王国という小さな舞台を壊すか、否か……。そのカギを持つのは私たちであり、ダージリン公爵はその災厄の箱を開けさせないように必死に動くでしょうね」

そう言って、どこかつまらなそうに語るフローラであった。

一方で、オーギュストはというと……。

（まったく、どうでもよくなかったんだが！　うちの妹の感性はどうなっているんだ⁉）

と内心絶叫して表情を盛大に引きつらせるのであった。

人形の襲撃

ラーベルを出たソフィアたち一向は、その後何事もなく順調にベンガルへの旅路を進んでいた。

「あとどのくらい掛かるの？」

「ここは、ダージリン公爵領に隣接するテアニン伯爵領の西端に位置する場所です。……あと二、三日でダージリン領に到着します。目的地ベンガルには、早ければ一週間後には着きますよ」

「はい……ですが、雲行きが怪しいですね」

そう言って、クルーズは窓から空を見る。

つられてソフィアも外を確認すると、天一面が雨雲に覆われていつ降り始めてもおかしくなかった。

カーテンを閉め窓から視線をクルーズに移すと、ソフィアは尋ねる。

「今日は、どこかの町へ泊まった方が良さそうですね。この辺りに、町はありますか？」

「町となると、後半日は掛かります。ですが、この辺りには村がありますので、そちらで何泊かさせてもらえるように交渉してみようかと」

「一泊ではないのか？」

「はい、雨量によっては馬車での移動が困難になりますので」

ソフィアの言葉に、シルヴィアは納得したのか「なるほど」と頷く。

馬車と自動車の違いもあるが、舗装されていない道路はどちらでも厄介だ。例え、自動車でも舗装されていない道を行く場合、四十キロも出せないという。

「その村の治安は良いのですか？」

ふと気になったのか、アルフォンスがクルーズに尋ねる。

「報告では、五年ほど前に犯罪が起きましたがそれ以降は特になかったと」

「五年に一度しか犯罪が起こらないのか？」

シルヴィアは、クルーズの報告に目を剥《む》く。

毎日のように事件や事故が起こるマンデリンで兵士をしているからだろう。驚愕を顕わにしているシルヴィアにクルーズは緩く首を振った。

「小さな事件であれば報告してきませんので、実際は違ってくるでしょう」

「村八分にされると、生きてはいけませんから。共存を大切にしているので、いざこざはあっても事件に発展するようなことは滅多にありません」

「なるほどな」

道中に見た村の様子を思い出したのか、シルヴィアは神妙に頷く。

「そろそろ村が見えてきました」

するると、窓から外を覗いていたクルーズが声を掛けてきた。

窓を覗くと、確かに柵のようなものと見張り台が見える。辺りではポツポツと雨が降り始め、本降りになる前には村に到着するだろう。

しばらくして、馬車は村の門近くにたどり着き、代表者としてクルーズが出ていった。

「物々しい雰囲気だな。何かあったのか?」

窓からクルーズたちの様子を窺っていたシルヴィアが呟く。

ソフィアにも村人たちが警戒しているのが分かるが、アルフォンスはそれは違うと首を振った。

「おそらく、護衛の服装でしょう。クルーズたちは身なりを整えているため、冒険者のようには見られません。となると、貴族や商人の私兵と考えるのが妥当です」

アルフォンスの言葉の意味が分からず、シルヴィアとロレッタは首を傾げる。ソフィアは事情を知っているため、言いにくそうに説明する。

「村や町へ立ち寄らなかったのですが、ダージリン領の東に隣接する領地のテアニン伯爵領は、あまり治安が良くありません。テアニン伯爵はキームン侯爵の子飼いの貴族でして、選民意識が強い貴族として有名です」

「つまり?」

ソフィアの回りくどい言い方に、ロレッタは首を傾げる。敢えて言葉を濁したのだが、シルヴィアもロレッタも分かっている。だが、真実を聞きたいのだろう。言いにくそうにしているソフィアに代わって、アルフォンスが言った。

「平民への重税ですね。キームン侯爵は、農務卿であり国王派貴族です。テアニン伯爵に重税を辞めるように命令できるのは国王以外おりません。王家も大分腐敗が進んでいるようですね」

辛辣な一言に、ソフィアは何も言わない。

現在アッサム王国が苦境に立たされている理由の大きな要因が国王にあるのは確かだ。中立派のダージリン公爵やセイロン伯爵、貴族派のティンブラ侯爵、ニルギリ侯爵、フレーバーティー侯爵が現状を支えている。

だが、現状を理解せず国王を筆頭として悪化させている貴族が多数いるのは確かだ。ウバ侯爵やキームン侯爵を始めとした国王派貴族。貴族派や中立派を合わせてもなお多く、家格の高い貴族ばかりだ。

「なるほどな。つまり、私たちはそのテアニン伯爵家の関係者だと思われているわけか」

シルヴィアの言葉に怒気が混じっていた。

ロレッタも表情こそ変わらないが、そんな悪徳貴族と勘違いされて快《こころよ》いはずもなく、不快感を醸し出している。

アルフォンスは同意だと頷くと、窓から外を覗いて言った。

「その可能性が高いですね。ただ、その場合であればすぐに警戒は解かれるでしょう……ほら」

アルフォンスに促されて外を見ると、集まっていた村人たちが散り散りになっていくところだった。村人たちから了承が取れたようで、馬車は村の中へと入っていく。

村の景色は、ソフィアの知っている村と変わらず……いや、流石はダージリン領だと思えるほど豊かな村だった。雨に濡れながら行き交う人たちを見ても、健康状態は良さそうで塩不足を嘆いている様子はない。

「これが……宿なの？」

しばらくして、この村唯一の宿にたどり着くと、ロレッタが呆然とした声を上げる。フラボノの町で見た感動とは程遠く、言葉も出ない様子だ。

「ええ、まあ」

クルーズも酷く言いにくい様子だ。

何せ、村の建物は多少器用だとは言え建築の素人である村人が建てたものだ。雨風防げるものの、建物としては心もとない造りをしている。

「村の建物は大抵こんな感じですよ。村では魔法が使える者は珍しく、手作業ですから」

「そう言われると、そうだろうが……ほんとうに大丈夫なのか？」

シルヴィアも心底不安そうだ。

だが、宿屋は他の住居に比べると幾分かましだ。最も立派だと思える村長宅でさえ、住むことを遠慮するレベル。

呆然とする二人に、アルフォンスが慰めるように言った。

「どのみちマジックテントを使うのであれば、そう気にする必要はありません」

「マジックテントごと屋根に潰されそう」

ロレッタの一言に、何を心配しているのか気が付き、ソフィアは苦笑して言った。

「突風で屋根が飛ばされることは良くありますが、屋根が落ちてくることはそうありませんよ」

「……その言葉を聞いて余計に心配になったのだが」

そう言って、シルヴィアはため息を吐くとソフィアに膝枕されているフェルを見て言った。

「まぁ、フェルに改造させれば良い話か」

「……」

「ダメ。返事がないただの屍《しかばね》のようだ」

「一応生きてますよ。一日中馬車に乗って、顔色が真っ青ですけど」

フェルと馬車は相性が頗《すこぶ》る悪いらしい。

この四日間、ほとんど馬車から出なかった影響か死人のようにぐったりとしていた。必要になった時に限って使えなくなっているフェルに、二人はため息を吐く。

「こいつ、本当に何しに来たんだ？」

おそらく、それは本人が一番知りたいことだろう。

馬車の中では乗り物酔いに苦しみ続け。楽しみにしていたギャンブルでは大負け、その後胡散臭い情報屋に馬車馬のごとく激しい労働を強要されて……挙句にアルフォンスによって一晩中説教。

まさに何をしに来たのか分からない状況だ。

転移で帰ればいいと思うのだが、本人曰く「スキルにへそを曲げられた」と転移系統の力が使えなくなっているようだ。スキルがへそを曲げる状況とはいったい……。そう思ったのは、きっとソフィアだけでなくほかの者たちも同様だろう。

誰もが微妙な表情を浮かべて、フェルを宿屋に運ぶのであった。

その日の夜。

マジックテントのリビングには、ソフィアたちだけでなく日中情報収集に専念していたクルーズたちも集まっていた。

「盗賊ですか？」

「はい。村人の話ではここから南へしばらく行った場所で、盗賊の姿が頻繁に確認されているようです」

「なかなかの規模みたいでな。下手をするとこっちに襲い掛かってくるかもしれねぇから、アルフォンス様にちっと相談にな」

「そうでしたか……。アルフォンス様なら、もう少ししたら自室から出てくると思いますけど」

アルフォンスは、今部屋で資料の整理をしているところだ。

マジックテントと比べると劣悪な環境と評してもおかしくないのだが、一人で集中して仕事をしていたいとのことで、ソフィアたちが借りた部屋の隣の部屋で仕事中である。

夕食はソフィアが作ることになっており、時間的にそろそろ顔を出してもおかしくない時間だ。

ソフィアは、そう思いながらもリビングでお玉を使って鍋を回し続ける。

「「……」」

ゴドウィンとクルーズ。二人はどこかそわそわした様子。いや、それは同じくリビングで寛いでいるシルヴィアやロレッタ、トノも同じだ。

「目の前にニンジンをぶら下げられたキャロの気持ちがよく分かるな」

「ロバの気持ちがよく分かる。どうしてカレーってこんなにもいい匂いなんだろう」

そう、ソフィアが作っている今日の夕食。

カラスキーカレー特製のカレー粉は、お腹をまるでハンマーでたたきつけるような暴力的な香りを発し、先ほどから気のせいかもしれないが「ぐぅ」という音が大合唱しているような気がする。

「素晴らしい匂いですね。今夜はカレーですか」

そして案の定。

夕食の準備が整い始めた頃に、アルフォンスがマジックテントのリビングに顔を出した。

充満する匂いに笑みを浮かべるものの、クルーズたちの姿に気が付き神妙な表情を浮かべる。

「その様子からして、よくない報告ですか」

「ええ、まぁ……」

これから夕食というタイミングで、よくない報告。

アルフォンスとしては気分が一気に降下してしまう。しかし、クルーズはそれよりも併設されたキッチンから匂う未知の香りに興味が引かれているよう。

心ここにあらずといった気のない返事に、ソフィアは苦笑をすると……。

「先に夕食にしましょう。ご飯の準備ができましたし」

その一言に沸き立つ歓声。

ただ、驚くべきはシルヴィアとロレッタ、トノの行動の早さだろう。クルーズたちが歓声を上げる瞬間にはすでにソフィアの前に並んでおり、お皿を持っているではないか。

「は、早いですね」

「『当然』」『にゃっ』

思わず表情を引きつらせるソフィア。

それと同時に、ゴドウィンが叫んだ。

「野郎ども！　ゆっくりしていたら、食われちまうぞ！　今日こそ嬢ちゃんたちに勝つぞ！　さっさと並ぶべぇ！」

それはもはや戦争の合図。

シルヴィアとロレッタは視線を合わせコクリと頷き、トノはまるでチャンピオンのようにチャレンジャーたちに余裕たっぷりの笑みを見せる。

「なんか、すみません……」

「こちらこそ、お恥ずかしい限りです……」

常識人ゆえの苦悩。

クルーズとアルフォンスはまるで戦場のように盛り上がったリビングで、表情を引きつらせながら互いに謝るのであった。

そして、ソフィアはというと……。

「あっ……」

ソフィアが手に持つもの、それはコンセントプラグ。

何の？　と尋ねるのは無粋だろう。間の抜けた声は、喧騒の中でも響き渡り、誰もがそのコンセントの先に視線を向ける。

その視線の先にある家電……。

「あははは。炊飯器の電源入れ忘れちゃったみたいです」

「……」

「……」

『……』

ソフィアが申し訳なさそうに言うと、シルヴィアが、ロレッタが、トノがお皿を持って表情を固まらせる。

そして、先ほどまで戦争を始めんばかりに士気が上がっていた男たちはというと……。

「「「「……」」」」

同じく固まっていた。

ソフィアはそんな彼らの様子に、冷や汗をかく。

「えっと、その……一時間もいただければご飯は炊けますから」

ソフィアが補足するように言うが、それはかえって逆効果だ。

おおよその時間が分かってしまったからこそ、彼らは絶望する。

「「「生殺しすぎるだろぉぉおおおおお！！！！？」」」

この暴力的な匂いが充満する中、一時間の間戦士たちは耐えることしかできないのであった。

「なんて洗練されたソース。お米のほのかな甘みと相まって、素晴らしい料理ですね」

「魔国の国民的料理ですから。なんでも初代魔王様が作り上げた料理だとか」

「三百年以上の歴史ある料理ですか。見た目こそ嫌厭《けんえん》してしまいますが、歴史を感じさせる重厚さがありますね」

リビングの隅でひっそりと料理の余韻を楽しみながら、談笑するアルフォンスとクルーズ。

そんな穏やかな空気が漂う一室では……。

「……」

まさに死屍累々。

シルヴィア、ロレッタ、トノの二人と一匹の前には数えきれないほどのお皿が並び、対するゴドウィンたち男どもの前には一人一皿分のお皿が並ぶ。

彼らはお腹いっぱいで寝ているわけではない。

戦争で負けたからだ。そろって、白目をむいて椅子にもたれかかっている。そんな彼らを傍目に、ソフィアは自身も夕食を取り終えると、片づけを始める。

「クルーズさん。そういえば食事前の話ですが」

ソフィアの一言に、アルフォンスが思い出したかのようにクルーズに尋ねる。

「そういえば、よくない報告があるのでしたね」

「ええ。なんでもかなり規模の大きな盗賊が現れたと村人から聞きまして」

「盗賊ですか、この辺りは多いのですか？」

「ええ。テアニン伯爵領は重税で、民の流出を防ぐためかなり厳しい検問を引いていますから。職にあふれた農民は当然ながら」

「盗賊に身を落とすというわけですか。冒険者とかにはならないのですか？」

「冒険者は魔物の討伐を専門としていますから。民間人を襲う盗賊に比べて危険が大きいため、そちらに行くものはごくわずかです」

「なるほど……それで相談というのはやはり？」

「ええ、このまま行きますと盗賊と遭遇する可能性が高いです。なので、西から出て、そこから南下するべきかと」

「ですが、襲撃の可能性はかなり低いのでは？」

「ええ。少しでも知恵のある盗賊は襲ってこないでしょうね。家紋こそありませんが、少ない荷物と護衛の人数を考えれば、相手が貴族というのは一目瞭然です。ただ……」

そう言って、ソフィアを一瞥するクルーズ。

自身に向けられた視線に気が付いたソフィアは、首をかしげると「どうかしましたか？」と尋ね返す。

クルーズは何でもないと首を振るが、一方でアルフォンスはクルーズの視線の意味に気付いたのか難しい表情を浮かべていた。

「問題があるとすれば、相手が貴族を襲うことに対して抵抗感がないことですね。もともと、重税に苦しんだ人たちで、貴族と知れば喜んで襲ってくる可能性があります」

「見つかれば襲ってくると考えた方が良さそうですね。分かりました。明日は道を変えて、西から出るとしましょう」


アルフォンスたちが相談している頃。

村のはずれにある小屋では、黒衣の男が猛禽類《もうきんるい》を彷彿とさせる鋭い目つきをした少年と会っていた。

「予定通り、やつらは西側から出るように仕向けた。そっちの準備は?」

男が尋ねると、ローブを目深にかぶった少年は震える声で言った。

「問題ない、ああ問題ないとも。すでに駒はそろえてあるし、洗脳は終了している。死ぬまで戦ってくれるだろうな」

どこか狂気が宿った声に、気味悪そうな表情を浮かべる男。

だが、そんなことは興味ないと男を一瞥することなく、少年は歓喜をにじませた声でつぶやき始める。

「ようやく、ようやくこの手であの女を殺せる」

心の底から望んでいた欲望。

自身の命を削っても成し遂げたい願望が、もうすぐそこにある。それが分かっているからだろう。

少年は、烈火のごとき炎をその目に宿し、狂った笑いを上げ続ける。そして、男に言った。

「回りくどい方法をとるが、本当に引き離すことはできるのだろうな?」

「我々が失敗するとでも？」

「くくっ、別に心配なんかしていないさ。だが、誤ってあの女を殺してしまったとかにはならないでくれよ。俺と同じように人生のどん底を味合わせなければ、気が済まないからな！」

気持ちが高ぶっているのか、近くにあった鉄製のドアノブを握りつぶす。

人間とは思えない身体能力。その光景に冷や汗を流すが、男はそれを表情に出さず、少年の後ろ姿を眺める。

（以前とはまるで別人だな……。いったいどうしたらここまで人間を壊せるのだ）

男が恐怖したのは、少年に対してではない。

少年をこれほどまで変貌させてしまった、その人物。そして、その人物は自分たちの主と深くつながりを持っている。

「それと、ヘクセが面白いものを送ってきたぞ。見てみろ」

外へ出た瞬間、生物としての本能がこの場から立ち去れと警笛を鳴らしてやまない。

それは一匹の魔物だった。だが、その存在感は男がこれまで見てきたどんな魔物よりも強大で、それでいて得体のしれない不気味さを持っていた。

（お気を付けください、ソフィア様。敵対する身ではありますが、どうかご武運を）

心の中で祈る男であったが、その彼の背後に浮かぶ人形には気付くことがなかった。

次の日の早朝。

先日決めた通り、南門からではなく西門を経由してベンガルを目指すことになったソフィアたち。

馬車の中では昨日の料理について盛り上がりを見せていた。

「昨夜のカレーはとても美味しかったですよ。皆さん、一心不乱に食べ続けていましたから。クルーズたちも美味しかったですよね」

「えぇ、まぁ……。見た目はあれでしたが、あそこまで人を魅了する料理があるとは……。料理の業の深さを知った気がします」

歯切れが悪いのは、ゴドウィンたちの粗相があったからこそだろう。ゴドウィンはともかく、ほかの者たちは自制ができるものばかり。そんな彼らを魅了したカレーに戦々恐々としている。

するとロレッタが首をしきりに何度か縦に振ると、言ってきた。

「ソフィアのスキルが高いから。上達速度は異常」

「そう、ですか?」

「そう。普通は、一週間くらいでレベルは上がらない。なのに、半月程度でスキルレベルが三も上がるのはあり得ない」

「えっと、四まで上がりました……」

ソフィアの一言に、スキルについて詳しくないクルーズ以外の者たちの表情が固まる。

直感的に、スキルに変化があったような気がした。

昨夜それを確認したところ、【調合】や【目利き】のスキルが軒並み上がっていたのだ。

「ゴホン。聞き違いかもしれないが、四と言わなかったか？　以前話したと思うが、レベル五で一流とされる」

「……はい」

ソフィアは居心地悪そうに返事をする。

この反応からして事実だと悟ったのか、ロレッタは首を振って言った。

「もともと下積みがあったから、早い。シルヴィアも、心当たりがない？」

「確かに、槍を鍛えた後に剣を鍛えた時成長速度が早かったが……半月で四というのは、流石に……」

「私も思う。けど、逆に考える」

「逆に？」

「うん。私たちの食事のクオリティが上がる」

そう言って、ロレッタは勝ち誇ったような顔をする。

シルヴィアは一瞬呆然とするが、すぐに言葉の意味を理解したのかスキルレベルの成長速度など些事だと言わんばかりに頷いた。

一方で、人間だが魔国の常識に精通したアルフォンスが、ロレッタに尋ねる。

「スキルに関しては、専門家ではないので何とも言えないのですが、ロレッタさんはなんとも思わないのですか？」

「なんで？」

アルフォンスの一言に、ロレッタは意味が分からなかったのだろう。首をコテンと傾げて不思議そうな目で見返す。

ただ、シルヴィアは心当たりがあるのか、説明を加えた。

「料理人も武人も変わらないと思うが、出る杭は打たれるというものだ。自分を越える才能を見ると、どうしても足を引っ張りたくなる」

ソフィアとしては、料理魔法の影響だと考える。

そのため、ロレッタ以上に才能があると言われても首を傾げるしかない。

ただ、ロレッタがどう思っているか気になるため、静観した。

「ああ、なるほど。私は料理を作る方ではなく、食べる方を目指しているから。美味しい料理を食べれるなら、どうでも良い」

「そうなのですか？」

「もともと料理研究家になりたかった。けど、説明会で料理研究家は給料が安定しないと言われた。それと、アンドリューに美味しい料理が食べられると騙されたから」

当時のことを思い出しているのだろう。

ロレッタの怒りを表わすかのように、馬車の中に魔力が渦巻く。

「確かに、料理の腕が上がれば美味しい料理を作れる。……けど、それは違う」

「なるほどな……美味しい料理を提供するのではなく、自分で作れるようになると言う意味でか」

ロレッタがどういう手口で騙されたのか理解し、シルヴィアが納得したような表情を浮かべる。

ソフィアも納得はできるが、アンドリューに対して上がっていた好感度が一気に下がってしまう。

「業界研究や企業分析を怠ったのではないのですか？」

「……面倒なことはやらない主義」

「自業自得だな」

アルフォンスの指摘にそっぽを向いたロレッタを見て、シルヴィアは苦笑する。

それからしばらく談笑していると、不意に馬車が止まるのに気が付いた。クルーズが状況を確認するため外に出ようとすると、ゴドウィンが訪ねてきた。

「ゴドウィン、何かあったのか？」

「いや、大雨で土砂崩れが起きたようで道が塞がっている」

「通ることは可能か？」

「地盤がぬかるんでいて、回った方が安全だな」

ゴドウィンの言葉にクルーズは頭を悩ませる。

ある程度周囲の地図を記憶しているのだろう。だが、ソフィアが知る限りここから道を変えるとするともう一度村の方へ戻らなければならない。時刻もお昼を回っていることから、出発は明日になってしまうだろう。

「因みに聞きますが、他国の方々の到着はいつ頃になりますか？」

「三日前の時点で、既にダージリン領へ入ったと……まるで競うように来たので、予定が大幅に前倒しになっている状況です。まぁ、聖女様と殿下は特に仲が悪いですから」

「あれ、そうでしたか？　お二人が談笑している姿を何度か見かけましたが」

「「……」」

ソフィアが「それほど仲が悪くないと思いますけど」と付け加えると、二人はどっと疲れたような表情をする。

それを見て察しが付いたのか、アルフォンスは話題を元に戻す。

「流石に待たせるのはあまり良くないですね。やはり、この道を進んでいった方が良さそうです」

「ですが、かなりの危険が伴うかと……」

「ロレッタさん、土系統の魔法も得意でしたよね」

「うん。けど、姫様の方がこの場合は適していると思う。天変地異を起こすのは得意なはずだから」

ロレッタの指摘に、シルヴィアは天井を見る。

「普段であればそれで良いのだが、今は拙《まず》いだろう。緑を見ていれば気が楽になるかもと言って天井に張り付いているが、ピクリとも動かない」

そう、フェルが馬車の中にいないのは、乗り物酔いには自然を見るのが一番だと思ったからだ。

とは言え、効果があるはずもなくしばらくすれば中に戻ってくるだろうと思っていた。余計に悪化したようなので、意味がないのだろう。

「まぁ、そう言う訳ですからロレッタさんにお願いしても？」

「分かった……道を造ればいいの？」

「はい、お願いします。それから、シルヴィアさん。フェル様の回収をお願いします」

「分かった」

そう言うと、フェルとロレッタが外へ出る。

それに続いてソフィアたち三人も外へ出た。

「確かにこれは危険ですね」

道の半分近くが土砂崩れによって崩れていた。

半分はまだ道として機能しているが、馬車が通った瞬間道が崩れても可笑しくない。クルーズの部下たちも引き返すしかないと思っているようだが、ロレッタは散歩でも行くような軽い足取りで近づいていった。

「本当に道を作れるのかよ？」

ゴドウィンの疑問は尤もだ。

ソフィアも似たような気持ちだが、不思議とロレッタならできるのではないかと思ってしまう。

周囲にもロレッタが何かをする気配が伝わったのか、誰もがロレッタの一挙手一投足に気を配り固唾をのむ。

すると、途端にロレッタの身から膨大な魔力が解き放たれる。

緑色の魔力が周囲を包み込む。

「【岩の道《ロックロード》】」

簡略化された魔法だが、それで十分なのだろう。

ロレッタの足元の魔法陣から幅三メートルほどある岩の道が橋のように伸びていった。

「まじ、かよ……」

この光景にはゴドウィンは口をあんぐりと開けてしまう。

人間の常識を持つ者にとって、それはあまりにも出鱈目《でたらめ》過ぎた。他の者たちもその現象を前に言葉を失っている。

「これで良い？」

「はい、十分です。ありがとうございました」

アルフォンスはある程度把握していたからこそ驚きはなかった。

ロレッタも大して力を使った訳ではないのだろう。疲れを感じさせない歩みでソフィアへ近づく。

「どうかしましたか？」

すると、ロレッタが馬車の方へ指を指した。

そこには……。

「せ、せっかくの、出番だったのに……」

まるでこの世の終わりとでも言いたそうな表情をしたフェルの姿だ。

シルヴィアは相手をするのが面倒だったのだろう。まるで物のように肩に担ぐとそのまま馬車の中に放り込んだ。

そして、仕事を終えたとばかりに手をパンパンと払う。

「どうかしたか？」

「いえ、何でも」

心底不思議そうにするシルヴィアに、フェルの立場を思い出した者が一様に視線を背けた。

「取りあえず、先を急ぎましょうか？」

変な空気を払拭するように、アルフォンスが声を出すと誰も反論せずロレッタの作り上げた道を通るのであった。


ソフィアたちの馬車から少し離れた場所。

そこには二人組の男性が居た。

「なんだよ、あの馬鹿げた魔力は？」

一人の男が、先ほど見た光景を思い出し、声を震わせる。

一瞬で道ができたことも驚きだが、それ以前に少女から溢れ出た魔力に恐怖していたのだ。

「分からん……だが、作戦が失敗したのは確かだ。これでは追い込むことは不可能だな」

「ってもよ。あんな非常識な方法、誰が考えられるかよ」

「結果がすべてだ。受け入れろ。ただ……」

男性はまた別のことで危機感を覚えていた。

「やはり、あの少女は危険だ」

男性が思い出すのは、銀髪の少女だ。

二人は雇い主から与えられたマジックアイテムで気配を限りなく消している。だと言うのに、あと一歩でも近づけば少女に気配を探られたと本能的に察知したのだ。

現に、多くの者が魔法に視線を奪われている中、一人だけこちらに視線を向けていたのだ。気づかれたとは思っていないが、違和感を抱かれたのは間違いない。

このまま任務を遂行するか否かを悩んでいると、状況に変化が起きたことに気が付く。

「ままならぬものだな」

合図を待たずして行動に出た者たちを見て、あとに引けぬと理解した男は、はぁと思いため息を吐くと空高く舞い上がるのであった。


「見事な物ですね」

ソフィアは、ロレッタの作り上げた岩の道を見て呟いた。

道というよりも橋と言った方が正確だろう。装飾こそされていないものの、とてもではないが魔法で作ったとは思えない精巧さだ。

「簡単なこと」

言葉は少ないが、褒められて嬉しいようでロレッタの口角が僅《わず》かに吊り上がっている。

「いや、確かに【岩の道《ロックロード》】は地属性魔法の中でも習得は容易だが、このような橋を造るのは困難だ。

魔力操作の能力が卓越しているという証拠だ」

並んで歩くシルヴィアも感心したようにロレッタを褒め始める。

「ええ。以前から思っていたのですが、ロレッタさんは魔法が上手ですよね」

そこへソフィアも手放しに称賛すると、ロレッタは照れたように顔を逸らす。すると、後ろから続いていたアルフォンスも橋を見て言った。

「フェリー家は、代々魔法技術に特化した家系とは聞いておりましたが、本当に素晴らしい技術ですね。確か、ロレッタさんのお爺様は以前四天王だったとか」

「……もしかして、ロレッタさんってかなりの名家の出身だったのですか？」

アルフォンスの言葉に、ソフィアは興味本位で尋ねた。

「ううん。確かにフェリー家は名家だけど、うちは分家。魔法は、楽をするために腕を磨いただけ」

（そう言えば、楽をするために翻訳魔法を覚えたと言っていましたね）

声には出さないが、ソフィアはふとそう思う。

翻訳魔法はかなり高度な魔法だ。才能もあってのことだろうが、とてもではないがソフィアが扱えるような魔法ではない。

他にも、私生活において魔法を使っている姿をよく見る。

ソファに寝転がっている時に遠くの物を引き寄せたり部屋を換気したりなど、様々な場面で使っていた。とても繊細な魔法は習熟にどれだけの努力をしたことか。きっと弛《たゆ》まぬ努力があったに違いないとソフィアは思う。

すると、隣を歩くシルヴィアが歩を止めた。

「どうかしましたか？」

険しい表情をして前方を見つめるシルヴィアに、ソフィアは怪訝な表情を浮かべる。他の者たちも、二人が歩を止めたことに気づいたのだろう。その場に立ち止まると視線を向けてきた。

「……嫌な感じがする」

その言葉にすぐ声を上げたのはアルフォンスだ。

「また盗賊ですか？」

アルフォンスの言葉に、クルーズたちはすぐさま周囲を警戒。そして、シルヴィアの視線の先に目を向けた。

「馬車？」

近づいてきたのは三台の馬車だ。

まだ遠目にしか見えないが、ソフィアたちが乗っている馬車に比べると幾分か粗末な出来栄えだ。

一瞬、商人ではないのか。

そんな考えが脳裏をよぎる。だが、シルヴィアの表情からしてそれはないと判断すると、アルフォンスがシルヴィアに尋ねた。

「あれがそうなのですか？」

「……おそらく」

シルヴィアが言葉数少なく応えると、アルフォンスもまた警戒する。そして、遂に馬車がクルーズの部下たちの前に止まった。

ゴドウィンもまた警戒した様子で、御者に向かって声を掛ける。

「何か用か？」

ぶっきら棒な一言。

だが、ソフィアもここへ来てシルヴィアの語る嫌な予感と言うものを感じていた。

（あれはっ！）

ソフィアはその一言に、背筋が凍りつく。

御者の背後に浮かぶナニカに見覚えがあったからだ。それは、つい最近というよりもアッサム王国に戻って頻繁に見るようになったそれ。

人形……いや、人形もどきの姿だ。

「ゴドウィンさん、離れてください！」

嫌な予感を覚えたソフィアは、とっさに声を上げる。

「どうしたってんだ、急……っ！」

怪訝そうな表情を浮かべていたゴドウィンであるが、飛んできた矢に気が付き、慌ててよける。

「おいっ！　何のつもりだ!?」

御者をしていた男性が、地面に転がったゴドウィンに対して問答無用で切りかかる。それを皮切りに、馬車から武装した者たちがゴドウィンたちの前に立ちはだかった。

（あの人たちの後ろにも人形が）

立ちはだかる者たち全員の背後に浮かぶ人形。

ほとんどが闇を人の形に固めたようなものだが、中には人肌のような色の者もいた。ソフィアにはそれが余計に不気味だった。

「っ⁉　総員戦闘配備！」

尋常ではない事態にゴドウィンは声を張り上げる。

その声に反応してヨアンたちもまた武器を構えた。すると、近くでアルフォンスたちが言葉を交わし始める。

「村人が言っていた盗賊どもか？」

「分かりません。ですが、見たところ闇属性の魔法で操られている可能性があります」

「となると、ザルツと関係が？」

「断定はできませんが、その黒幕と無関係のようには思えません」

「あの、大丈夫なのでしょうか？」

冷静に分析している三人だが、ソフィアは彼らの後ろに浮かぶ人形のせいか不安が募る一方だ。

そこで、同じく状況を見守るクルーズに声を掛けた。

「ええ。彼らには見たところ意思が感じられず、動きはかなり鈍いようです。であれば、ゴドウィンたちに任せておけばすぐに鎮圧できるかと」

「そう、ですか……」

ソフィアも不安を胸に状況を見守ろうとした瞬間……。

「あれは、魔道具⁉」

アルフォンスの驚愕の声が聞こえてくる。

ソフィアも、その声で襲撃者たちに視線を向けると、全員が見覚えのあるブレスレットをしているのに気が付く。

そして、襲撃者たちは虚ろな声で「【身体能力向上《フィジカルブースト》】」と発動のキーとなる言葉を唱え、一斉に襲い掛かってくる。

「っ⁉　なんつー身体能力だよ！」

ゴドウィンたちもまた魔法で身体能力を強化している。

だが、強化率は見たところ向こうの方が上だ。反応こそ鈍いが、それを補って余りある身体能力にゴドウィンは苦悶の声を上げる。

「副隊長！　向こうの数が多すぎます！」

二対一、もしくは三対一の状況。

反応が鈍いため、辛うじて保っている戦線だが、かなり苦しい状況にある。なにせ、戦力差が三倍近いのだ。

ゴドウィンを筆頭に奮戦しているが、誰か一人がやられればおそらく戦線は崩壊する。クルーズも応援に駆けつけようとし、アルフォンスたちに視線を向ける。

「っ⁉　やはりあれは魔国製の……」

アルフォンスの表情は驚愕に染まっていたが、現状を理解できないはずもない。顎に手を当てると、シルヴィアに視線を向けた。

「シルヴィアさん、お願いできるでしょうか？」

「操られているせいか、動きが鈍い。それに、見た感じ戦闘訓練を積んでいない者たちのようだ。これなら問題なさそうだ」

そう言って、シルヴィアはロングソードを顕現《けんげん》させる。

気負いのない足取りで彼らの下へ向かおうとした瞬間だった。

「っ⁉」

シルヴィアは何かに反応したのか、突然ソフィアの方を振り向くと一気に駆けだした。

「えっ……」

ソフィアだけでなく、アルフォンスたちもまたシルヴィアの行動に呆然とする。だが、シルヴィアはソフィアたちに構わず、手に持っていた剣を宙に投げた。

カキンッ！

まるで金属同士が打ち合ったかのような音が響き渡る。

そして、金属が地面に落ちる音が二度響いた。

「何者だ⁉」

シルヴィアの鋭い声が響く。

それに遅れて、ソフィアたちもまたシルヴィアの見る方向へと振り返る。

「「……」」

宙に浮かぶ黒衣を纏う二人の男性。

顔の大半は覆われ、顔は分からない。しかし、その後ろには襲撃者たちと同様……いや、それ以上に人間に類似した人形が浮いていた。

ソフィアは彼らのことを知っている。

おそらく、アルフォンスやクルーズも知っているはずだ。裏方の仕事をメインとするギルドの中に、独自の技術で空中戦闘を可能にする部族が中核となって結成されたギルドが存在する。

その名は……。

「【レイヴン・ギルド】」

ソフィアの呟きと共に、感情の宿らない目をした二人組の男性が襲い掛かってきた。

突然の空からの奇襲に真っ先に対応したのはシルヴィアだった。

ソフィアに接近する二人組の男性の進路を阻むようにソフィアの前に現れると、先ほどとは違う長刀を構える。

だが、二人はシルヴィアと相対するつもりはないのか。示し合わせたかのように左右に分かれた。

「ソフィア、私の後ろから離れるなよ。先ほどの攻撃、狙いはお前だった」

シルヴィアは、二人から視線を外すことなく後ろに立つソフィアへと伝える。

「っ!?」

ソフィアは息をのむ。

【レイブン・ギルド】とは個人的に付き合いのあるギルドだ。もともとマルクスに紹介されたギルドでこそあるが、比較的良好な関係を築けていた。

尤も、彼らは報酬で動く者たちだ。

誰かに雇われたとしても不思議はない。だが、何故自分を狙うのか。ソフィア＝アールグレイであることが気づかれているようではないかと思う。

（気味が悪いですね……）

ふと、ソフィアは男性たちの背後に浮く人形に視線を合わせる。

人形に感情もなければ表情もない。ただ、そこにあるだけ。ソフィアの見たところ、この二人も操られているように見える。

円滑な動きだが、明らかに意思が欠如していると感じられた。

「くそっ完全に囲まれた！　いったい何人現れんだよ！」

ゴドウィンの悪態がソフィアの元まで届く。

最初は一台の馬車だけだったが、気が付けば十台を超える馬車が到着しており、そこからぞろぞろと武装した者たちが現れてくる。

とてもではないが、盗賊などと呼べる戦力ではない。もはや、一国の騎士団と同等の戦力がこの場に投入されていた。

「シルヴィアさん！　そちらは一人で大丈夫でしょうか⁉　あちらの戦線が維持できそうにありませんので、ロレッタさんと私はそちらの援護に！」

アルフォンスの言葉に、ソフィアはゴドウィンたちの方を見る。

こちらも緊急事態だが、向こうの状態はさらに悪い。死傷者こそ出ていないが、負傷している者は複数見られる。

押し切られるのは時間の問題だ。

シルヴィアは視線こそ向けていないが、状況に気づいたのだろう。襲撃者に厳しい視線を向けながら、了承した。

「こちらは一人でもなんとかなる！」

「分かりました！　ロレッタさん、魔法で彼らを止めてください。クルーズ、貴方はロレッタさんの護衛を」

アルフォンスの素早い指示にロレッタもクルーズも頷く。

もともと、ロレッタは戦闘員ではない。並外れた力量を持つものの、魔物相手ならまだしも対人戦闘の経験はほとんどないはずだ。

そして、それはシルヴィアにも……。

「っ!?　やりにくい！」

二人組の男性は、ソフィア目がけて波状攻撃を仕掛けてきた。

シルヴィアとの戦力差は重々承知しているのだろう。だからこそ、近づかずに魔銃にて遠距離攻撃に徹している。

（私にも何かできることは……）

ソフィアは足手まといになっていることを重々承知している。

彼らと同様の魔道具をソフィアは持っている。だが、対人戦闘では彼らに遠く及ばない。そして、魔法も使えないのだから攻撃手段がないのだ。

自身の戦闘能力のなさが歯がゆかった。

おそらく、あの銃もまた魔国製だろう。

専門家ではないため、ソフィアには判断できない。だが、二人の身を固めている魔道具は明らかに人間の国の技術水準を凌駕しているものばかり。

いったいどうやって入手できたのか。おそらく、ソフィアだけでなくシルヴィアやアルフォンスも同様のことを考えているだろう。だが、考察している余裕もなかった。

「っ⁉」

ソフィアの目の前に無数の光の弾丸。

優に三十は超えているだろう。その光景を前に、ソフィアは息をのむ。だが、シルヴィアは泰然《たいぜん》とした態度で、長刀を一閃した。

「はっ！」

気合一閃。

シルヴィアの長刀を覆っていた魔力が斬撃となって放たれる。それにより、三十を超える弾丸が全て打ち払われた。

この光景には、襲撃者も動揺するだろうと思ったが、そんなことはない。二人は魔道具をマントの下に隠すと別の魔道具を手に取る。

「接近戦か。良いだろう」

シルヴィアは好戦的な笑みを浮かべると、長刀を直剣へと変える。

おそらく打って出るつもりだろう。だが、【レイブン・ギルド】がそんな下策に出るのだろうか、
ソフィアはそう思って注意を促す。

「気をつけてください！　もしかすると、その剣には毒が塗られている可能性があります！」

「っ！……分かった」

ソフィアの注意に、シルヴィアははっとする。

おそらく彼女の常識では、毒を塗った武器など考えられなかったのだろう。対人戦闘に疎いこともあり、警戒を高めて相対する。

そして、男性が空から一気に間合いを詰めた。

キンッ！

甲高い音が周囲に響く。

男性もまた身体能力を魔道具によって強化しているのだろう。だが、狼の獣人であるシルヴィアの膂力《りょりょく》には及ばない。

拮抗したのも一瞬で、男性はそのまま弾かれる。だが、ここまでは計算済みだったのだろう。男性の影に隠れるように位置どっていたもう一人の男性がシルヴィアに向けて近距離から魔銃を放つ。

「っ⁉」

シルヴィアの驚愕は一瞬のことだった。

放たれる光の銃弾を体を捻ることで回避する。だが、そこへ更に先ほど弾き飛ばされた男性が追撃を加えた。

体勢を崩したシルヴィアではなく、ソフィアへと向けられた複数の弾丸。

ソフィアは、ロレッタやアニータにつけられた訓練から、本能的にその場に転がり落ちた。

「ソフィア、無事か⁉」

「な、なんとか……」

シルヴィアも自身の迂闊さを呪い、ソフィアに駆け寄る。

そして、ソフィアを背後に守るが、後ろがほとんどないのだ。ここはロレッタの作り上げた道であり、両サイドに柵はない。

これ以上後退できないことを悟ると、鋭い視線を二人へ向ける。

「あの二人、明らかに獣人対策をしている」

「獣人対策、ですか？」

「ああ、対人戦闘能力が高いのは間違いないが、嗅覚も聴覚もほとんど効かない。その手の魔道具を持っているのだろう」

淡々と語るその声には僅かに焦りがある。

純粋な戦闘では、シルヴィアに負けはないはず。現に、シルヴィアに対して一度も有効なダメージを与えていないのだから。

だが、それは二人にとってどうでも良いことだ。

あくまで狙いはソフィアであり、シルヴィアを倒せなくとも体勢を崩し隙をつくるだけで十分。

そして、二人の能力はそれをするに余りあるものだった。

「このままでは、拙いな……」

そう呟くが、現状応援を期待することは厳しい。

ロレッタとアルフォンスが加わったことで、戦線は立て直した。おそらく、制圧するまで時間の問題だろう。

だが、それまでシルヴィアがソフィアを守り切れるかというと……。

「……フェルが使えれば、な」

先ほど馬車に押し入れた少女を思っているのだろう。

「役立たずな」と思っているのは表情を見れば明らかだ。ソフィアも視線を馬車に向けるが、この騒動の中一切動きが見られないのだ。

だが、いない者を考えても仕方がない。シルヴィアは頭を振って、再び剣を構える。と、その時だった。

『グルルル‼』

ソフィアたちが来た方角から現れた異形の生物。

全長は五メートルを超えており、巨大なオオカミのように見えるが、頭部には角が生えており、その背中には巨大な翼が生え、尻尾は二股に分かれている。

初めて見る魔物だ。

しかし、一目見ただけでソフィアは理解した。

（ワイバーンよりも間違いなく格上）

そして、ソフィアの考えを肯定するようにシルヴィアから余裕がない声があがる。

「合成獣《キメラ》だと！」

「キメ、ラ……？」

聞き覚えのない単語をオウム返しするソフィア。しかし、周囲の混乱が収まるまで待ってくれるほど、相手は甘くない。

レイブンメンバーが指示を出すと、合成獣《キメラ》は歓喜の雄たけびを上げて、味方を巻き込みながら、シルヴィアへと突撃してきた。

「っ！」

目にも留まらぬスピードと、見た目から分かる強大なパワー。

武器を盾にして突進を食い止めようとしたシルヴィアであるが、その勢いに力負けし大きく弾き飛ばされてしまった。

「シルヴィア！」

シルヴィアが弾き飛ばされる光景に呆然としたソフィアであるが、追撃を加えるため追っていった合成獣《キメラ》を見て、すぐに気を取り直すとシルヴィアの元へと駆け寄ろうとした。

しかし……。

「きゃっ」

誰もが手いっぱいの状況で、ソフィアを守る余裕はない。

シルヴィアの元へ駆け寄ろうとした時には、すでに男の手によってソフィアは捕まってしまった。

「任務完了」

まるで機械のような無機質な声色。

ソフィアの知っているレイブンメンバーでもこれほど機械的な人物は見たことがなかった。

必死にもがくが、この男もまた魔国制の魔道具を保有しているようで、強化した力でもあがくことができず宙を舞う。

「まてっ！」

声の主は、先ほどはじき飛んでいったシルヴィアだった。

シルヴィアは、追撃に来た合成獣《キメラ》を返り討ちにして、逆にこちらの方へ吹き飛ばしてきた。敵兵を巻き込みながら転がっていく合成獣《キメラ》は、全身を強打したようだが、意外とダメージを受けていないのかすぐに立ち上がった。

その光景を見て、シルヴィアはちいさく舌打ちをする。

「……なんか、騒がしいんだけど」

馬車から降り立つ一人の少女。

フェルだった。先ほどのシルヴィアの悪口に反応したのか、それとも空気を読めるようになったのか。どちらかは分からないが、今回ばかりはちょうど良いタイミングだ。

シルヴィアは、フェルに向かって声を上げる。

「そいつらは、襲撃者だ！」

「しゅうげき……しゃ？」

思考がまとまっていないのだろう。

首を傾げてこちらを見る。あまりにも危機感がなさ過ぎるその表情に、シルヴィアだけでなくソフィアも文句が言いたくなったが、それを堪える。

「この場の戦闘はこれ以上無意味。よって、撤退を開始する」

男が無機質にそう言い放つと、徐々に地面が遠くなっていく。

このままではソフィアが攫われると思ったシルヴィアは慌てて追撃を加えようとするが、そうは問屋が卸さない。

オオカミ型の合成獣《キメラ》が、シルヴィアへと襲い掛かる。

「襲撃者って、襲撃者なの⁉　ていうか、お姉さん拉致されてるし！」

ようやく状況が読めた様子のフェル。

しかし、今更遅い……そう思ってしまったのだが。

「【世界編纂《リライト》】」

一瞬ちらりと見えたフェルの瞳。

それはどこまでも暗い深紅の目。まとう空気は凍り付き、遠く離れているというのに、その圧倒的な力の波動に飲み込まれそうになる。

「魔王」

ソフィアをとらえている男がそうつぶやいたような気がした。

それと同時に納得してしまう。あれこそが、魔王と呼ばれ恐れられる存在の片鱗なのだと。

「なんて力……」

ソフィアは思わず声を出してしまった。

これまで見たフェルの能力は、景色を変えるというだけだった。どこか幻想的で美しい能力なのだと思ったが、それはスキルの一面でしかない。

目の前に現れたのは、まさに巨人。

山の神が降臨したといわれてもおかしくない巨大なゴーレムが、ソフィアたちの前に現れる。その存在感は、強大に思えた合成獣《キメラ》が可愛く思えるほどだ。

「作戦変更」

その存在を見た男は、すぐさま別の行動をとる。

懐から赤い結晶を取りだし、魔力を注ぎ始めるが……。

『にゃっ!』

高度五百メートルを優に超える位置にもかかわらず、現れたトノ。

きっと、フェルが作り出した巨人を伝ってここまで現れたのだろう。トノは、男にタックルして吹き飛ばすと、ソフィアを開放する。

もう一人の男がフォローに入ろうとするが、すでに時は遅かった。

『ちっ、転移結晶とは厄介なものを』

どこからか声が聞こえたような気がした。

それがだれの声だったのかは分からない。しかし、ソフィアが先ほどまで感じていた浮遊感は消え、気が付けば意識は闇の中に落ちているのであった。


ソフィアたちがラーベルを発ってからベンガルへと向かっている頃。

同じくベンガルへ向かっている集団が、アッサム王国内に足を踏み入れていた。その馬車には、誰もが知るカテキン神聖王国の十字架が描かれており、その先頭には聖騎士オーギュスト＝レチノールの姿があった。その英雄譚から国を越えて絶大な人気を誇るオーギュストは、アッサム王国の住人から声援を受けながら馬を歩かせていた。

その泰然とした姿はまさに騎士の鏡であり、誰もがその姿に見惚れ少年は憧れる。だが、その凛々しい姿とは裏腹に……。

（フローラと一緒にいたくないんだよな……）

そう、馬車に乗らないのは妹が怖いからだ。

ワイバーンが相手でも一切臆せず勇猛果敢に責め立てる聖騎士も、不快だと言わんばかりのオーラを発している妹の前から逃げ出してしまう。

情けないと思うなかれ。

騎士にだろうと怖い物の一つや二つあるというものだ。

惜しげもなく声援を送っている民衆には知る由もない裏事情だろう。

「せ、聖女様だ！」

すると、誰かが声を上げる。

おそらくフローラがカーテンを開き、顔を出したのだろう。儚げな笑みを浮かべているのが想像できるが、オーギュストは確認する気も起きない。

すると、後ろに控える腐れ縁の部下であるハリソンがオーギュストに声を掛ける。

「いやぁ、流石は聖女様だ。さっきまで向いていた視線が一気に奪われちゃったね」

イラッと来る言い方だが、揶揄《からか》っているのだと分かりため息を吐く。

「武人よりも癒しを与える聖女の方が人気なのは当たり前だろう。まぁ、この前はダージリン公爵に厄災を与えていたがな」

「ははっ、またいつもの冗談かよ。清楚で可憐なフローラ＝レチノール様が腹黒な訳ないだろう」

（それはもう真黒だ）

そう言いたかったが、全方位から送られるフローラへの声援の前では無力だ。

とは言え、ハリソンは親しい間柄のため、愚痴をこぼしてしまう。

「猫を被っているとか思わないのか？」

「被っているとしたら、白い子猫ちゃんだな。フローラ様にはぴったりだ」

「いや、それはないだろ。あれはヘルキャットをさらにミスリルで完全武装させたレベルだろう」

ハリソンがあまりにも馬鹿らしいことを言ってきたので、つい真顔で返答してしまう。

「そんなのが居たら、国が亡びるぞ。しかも、ヘルキャットって猫じゃなくて虎だからな。流石にそれは妹に対してでも失礼だろう」

「……」

ハリソンの指摘に、オーギュストは静かに前を向いて思う。

(妹の正体を知らない奴は幸せだな)

この認識は、オーギュストだけではない。

フローラの裏の顔を知る者たち全員の認識だ。この苦悩を知らないハリソンが羨ましく思えてしまう。

すると、その時だった。

「あれって、フェノール帝国の馬車じゃないか!?」

誰かの声が聞こえてくる。

フェノール帝国は現在停戦中とはいえ、カテキン神聖王国の敵国だ。とは言え、今回は目的が一致しているため問題はない。話によると、あの馬車に乗っているのは穏健派のアレン＝フェノールとのことだ。聞こえてくる噂から判断すれば、向こうから喧嘩を売ってくることはないだろう。

だが、民衆はそう言った話を聞いておらずフェノール帝国とカテキン神聖王国の馬車が同時に現れたことで緊張を顕わにしていた。

「なぁ、あの家紋すげぇ見覚えがあるんだけど。座学をサボりまくってた俺でも知っているくらいの」

「そうだな、もし知らないと言っていたら再教育してもらうところだ」

「分かるんだけどさ、自信がないんだよ。だから、確認するけど……皇家の家紋じゃない？」

「ああ、その認識で正しいぞ。良かったな、再教育を免れて」

ハリソンは当たってほしくなかったと頭を抱える。

オーギュストも平静を装っているが、内心ではハリソンと同じ気持ちだ。ちらりと視線を後ろに向けると、そこには第三皇子の懐刀であるジョージがいた。

「うわぁ、あれって【サイレントスナイパー】だよな。嘘か本当か知らないが、一キロ以上離れた位置からワイバーンの目を狙撃して殺したって言う」

ハリソンもまたジョージを見て嫌そうな声を上げる。

「気持ちは分かるが、気を引き締めろ。もしかしたら、あいつの部下が既に潜伏して狙撃されるかもしれないぞ」

「分かっているさ。最近の帝国の技術はやばいからな。正直、あいつらの射程がどの程度なのか想像もできないぜ」

「ああ、ないとは思うが警戒はするように」

あらかじめフローラから教えられていたため、驚きを顔に出すことはない。

（だからって、皇族が来るなんて思わないだろ）

内心ため息を吐く。

フローラがやけに不機嫌になっていたのを思い出し、もしかするとアレンが近くにいることを察知していたのではないかと思わずにはいられない。

不機嫌オーラを感じて逃げた後ろめたさがあるため、フローラに対して言えることはなかった。

と、その時だった。

「あれは！」

どこかデジャヴを覚える声が聞こえてきた。

おそらくシアニン自治領からの使者が到着したのだろう。もしかすると、七代商会の会長でも来たのではと予想していると……。

「ヤグルマギク商会の馬車だ！」

「げほっ⁉」

オーギュストとハリソンが揃って咽《む》せかえる。

ヤグルマギク商会は七代商会のトップに位置する商会で、王がいないシアニン自治領の実質的な支配者だ。王自らがこの場に来たと言っても良いだろう。

あまりの事態に二人は顔を見合わせて後ろを振り向く。

「うわぁ、マジでヤグルマギクの花が見えるんだけど」

「ああ……」

「なぁ、俺らここへ何しに来たんだっけ？」

「フローラの付き添いで、アールグレイ嬢についての情報収集だな。……まぁ表面はだけどな」

「俺もそう聞いたんだけど……なんで？」

ハリソンは一貴族令嬢の行方を聞きに来ただけのはず。

そもそも他の二か国も同時に動いていることがおかしいのだが、それはこの際置いておくとして、フェノール帝国第三皇子にヤグルマギク商会が現れる理由が分からない。

武人であると自覚しているオーギュストは政治には疎く、この会談には何らかの意図があるのではないかと今頃になって考え始める。

だが、いくら考えてもフローラの意図が見えてこないのだ。

（いや、そもそもどうして俺たちが護衛につくことになった？）

ふと疑問に思う。

確かにフローラはオーギュストの妹だ。だが、神聖王国に十人しかいない聖騎士を肉親だからで動かすはずがない。

たとえフローラが聖女だとしても、今回の件は聖騎士が動くほどか。

疑問に思うがすぐに氷解した。

（上もこの事態を想定していたのか？）

フローラが想定していたように、オーギュストの上司もまた同じ想定をしていたのであれば、今回の件も納得がいく。

それに、フローラもそうだがアレンもマルクスもフットワークが軽いことで有名だ。あり得ない話ではないのだろうが……。

（ソフィア＝アールグレイはどれほどの影響を……）

ソフィアの持つ人脈は、フローラたちだけでない。

もっと身近にもいれば、範囲を拡大してもいる。それらが同時に動きだしていたらと考えると、背筋に冷たいものを感じた。

オーギュストは馬を減速させて馬車に横付けすると、フローラに近づいて言った。

「もうこれ以上増えることはないよな？」

その言葉に、フローラは大衆向けに浮かべていた笑みを消し首を傾げる。

「猿と狸以外ですか？　犬が嗅ぎまわっているみたいですね。他は表立った動きは今のところありません……いえ、カラスだけは最近妙な動きをしていますね。後はどうでも良いことですが、鼠がコソコソ動いているみたいです。個人的には忌々しい狐の動きが気になりますけど」

「……」

いったい何の話をしているのか。

正直言って、オーギュストは妹の話の意味が分からない。だが、知らない所で事態が悪い方向へと向かっていることは確かで、武人だからと政治に関心を持たなかった自分を後悔したその時だった。

「っ！　敵襲！　敵襲だっ！」

その声にはっとなって、すぐさま周囲を確認するオーギュスト。

「いったいいつの間に……ハリソン！」

「いや、俺にもなにがなんだか。気が付いた時には囲まれてたんだ。それは向こうさんも同じだろうよ」

ハリソンが視線で示す先。

そこにはフェノール帝国の姿があり、彼らも同様に正体不明の敵に囲まれていた。誰もが困惑するなか、フローラが馬車から出てくる。

「落ち着いてください！」

鈴の音を転がすような美しい声が響き渡る。

パニックになりつつあった者たちは、フローラの一言に正気を取り戻し始め、そしてフローラに視線を向けた。

「まずはこの状況を切り抜けることが先決ですね。我々にも余裕はありませんが、このまま彼らを見捨てるのは忍びありません。いかがでしょうか、彼らに救いの手を差し伸べるというのは？」

悲しそうな表情で、帝国の馬車を見つめるフローラ。

このような状況で他者に救いの手を差し伸べようというのか、とどこか感激したような表情をする部下たちを見て、オーギュストは思った。

（おいっ、お前らいくら何でも騙されやすすぎるだろう！　俺には、敵を擦り付けて離脱しようとしか聞こえないぞ！　絶対、一石二鳥だと思っているに違いない）

邪推かもしれないが、そう思わずにはいられない。

しかし、事態は刻一刻と迫っており、迷っている時間はない。それに、オーギュストも相手が帝国であれば良いかと、頭の中ではそんな風に思っている。

意外と似たもの兄妹だとは、オーギュスト本人は思いもしていないだろうが。

「良かった。皆様が賛同していただけるのであれば、方向を変更しましょう……」

そこまで言って、フローラは一度沈黙する。

なぜなら、向こうもまたこちらへと接近してきているからだ。相手の意図が分からないと思うのがふつうであるが、フローラが気づいたようにオーギュストもまた気付く。

（ちっ、向こうも同じ考えか！）

思わず舌打ちを吐きたくなったオーギュストであるが、それはフローラも同様だろう。完全装備のヘルキャットをかぶり、慈愛に満ちた笑みを浮かべる。

「好都合です。どうやら彼らも我々の救いを求めているのでしょう。お兄様、分かっていると思いますが、指揮をよろしくお願いいたします。私は一度準備をするので、馬車へと戻ります」

そう言って、フローラは馬車へと戻っていく。

それを見送ったオーギュストは内心ため息を吐くものの、それをおくびにも出さず、帝国との接触を図る。

（そういえば、ヤグルマギクはどうなったんだ？）

包囲網の中に、ヤグルマギクの姿はない。

どうやら、包囲される前に逃げることに成功したのだろう。そのことを忌々しく思うが、今はそんなことを気にしている場合ではない。

オーギュストはそう自分に言い聞かせて、帝国軍と合流して敵を迎え撃つのであった。

「数は多くても、どいつもこいつも素人じゃねぇか」

「ははっ、楽勝ですね隊長」

「聖女様のおかげですね。あっという間に、傷を治してくれましたし」

絶望的な状況だと思っていたが、思いのほか敵の練度は低い。

武器もバラバラで、まるで素人盗賊と戦っているような印象を受ける。アレンやフローラの援護を受けている盛況な騎士団の敵ではなかった。

すっかり、緊張した雰囲気が弛緩している中、どうしてもオーギュストは楽観することはできず、首の裏に痛みを感じる。

「おいっ、聖騎士」

「狙撃手殿か」

声をかけてきたのは、アレンの腹心ジョージだった。

やはりこの男も一門の人物なのだろう。周囲が楽観視している中、オーギュスト同様に緊張した面持ちを浮かべている。

言葉を交わそうとした、その瞬間だった……。

「「っ!?」」

二人は本能に従い、その場を飛びのく。

先ほどまで二人がいた場所には砂ぼこりがたちこみ、地面にクレーターが作り上げられていた。

「誰だっ！」

魔銃を構えたジョージから鋭い誰何《すいか》の声が飛ぶ。

返ってきたのは狂ったような笑い声。砂ぼこりの中にいる人物は巨大な獲物を、まるで木の枝を振るかのように軽々と振りはらい煙を晴らす。

「さすがは大陸きっての実力者だな。噂は伊達じゃないってことか」

「お前は……っ、まさかエリック＝ダージリンか⁉」

容姿が変り果ててしまったが、調査の途中で知った顔の面影があり、ジョージはすぐさま誰なのか気が付いた様子だ。

（エリック＝ダージリンだと？　いったいどういうつもりだ？）

一方で、オーギュストは困惑する。

これから会談を行う相手の息子が、こうして襲撃を仕掛けてきたのだ。だが、すぐにその疑問は頭の中から消えた。

（いや、ダージリン公爵は無関係だろう。率いているのは、ダージリン公爵家の私兵ではなくごろつきども。それに、この男はすでに廃嫡にされている）

独断で動いているのだと判断したオーギュストであるが、その表情からは緊張の色が見て取れた。

（しかし、なんなんだこの力は？　正直言って、人間と対峙しているとは思えないぞ）

エリックから感じられるプレッシャーは、人間というよりも魔物のそれ。

しかも、かつて単独で討伐したワイバーンを超える力を感じさせた。おそらく、ジョージも同じように感じているのか、先ほどから一言もしゃべらずエリックの隙を伺っていた。

と、その時だった。

「「ぐっ！」」

周囲の警戒を怠っていたわけではない。

しかし、腹部に感じる熱感。まるで焼けるような痛みがオーギュストとジョージの神経を蝕む。

後ろを振り返ると……。

「まぁ、この程度で死んだら拍子抜けだけどな」

ローブを身にまとう少年の姿があった。

いったい誰なのか、オーギュストには分からない。しかし、この少年もまた不可思議な力を手にしているのは間違いない。

見間違えでなければ、先ほど確かに同じ顔の人物が二人いたからだ。

「こいつらは生かしておく約束だからな。殺してはいないだろうな、ディック」

その言葉に、息をのむジョージ。

一瞬聞き覚えのある名前だと思ったオーギュストも、すぐにその名前を思い出した。

（ディック……確か、ソフィア＝アールグレイの元従者だった男か！　指名手配されているはずだが、どうしてこんなところに！）

朦朧とする意識の中、思考を巡らせる二人。

しかし、無力化した二人に興味はないのか、二人は周囲を囲む騎士たちを無視して呑気に会話を始めた。

「ヤグルマギクのタヌキはどうなった？」

「さぁ？」

自身に屈辱を与えた男だからだろうか、平坦な声色には剣呑《けんのん》さが含まれている。しかし、ディックには興味がないことなのか首を緩く振るだけ。そんな彼の態度が面白くなかったのか、「ちっ」と舌打ちをして地面を軽くける。

たったそれだけの動作。

にもかかわらず、大地には亀裂が走り、エリックの身体能力の異常さを現していた。

「フローラ＝レチノール。それからアレン＝フェノールを呼んでこい」

「その必要はありません」

「我々なら既にここにいる」

エリックの問いかけに答えるように、この場に顔を出した二人。

「な、ぜ……」

毒が塗られているのか呂律の回らない舌で、必死に問いかけるオーギュスト。その視線を受けたフローラはゆっくりと首を振り、視線で空を示す。

ほとんど自由の利かない体でどうにか空を見上げると、そこには……。

「な……」

竜が空を飛んでいた。

ワイバーンなど目ではないほどの力を持つ異形の竜。まるでワイバーンと昆虫系の魔物を掛け合わせたかのような存在で、見た目からしてワイバーンを超える防御力を持っていることだろう。

だが、ワイバーンであろうと昆虫竜であろうと結果は変わらない。

「もう私たちは詰んでいるのですよ。お兄様」

第六章

ミナという少女

石で作られた橋の下。

人間の擬態を解いたロレッタは、その薄羽で森の中を飛び回る。いつもであれば乏しい表情をしているが、額に汗を浮かべ焦燥した表情をしていた。

「やっぱり、いない」

ロレッタが探しているのは、ソフィアとトノだ。

ソフィアは、ロレッタにとって初めての後輩だ。後輩と呼べる存在は他にもいるのだが、可愛くないどころか、可愛げもない者たちばかりでとてもではないが後輩とは思えなかったからだ。

だが、ソフィアは人間だった。

ロレッタの祖父は、三百年前の戦争を生きており、かつて一度だけ人間という種族についてロレッタに語ってくれたのだ。

そのため、アニータにソフィアのことを聞いた時、正直不安な気持ちがあった。

だが、ソフィアを見た時警戒心など忘れて、引き込まれたのを覚えている。

それからすぐに、ソフィアとは打ち解けることができた。

先輩だと敬ってお弁当まで分けてくれたのはソフィアが初めてだ。しかも、ソフィアの料理スキルは料理長のシュナイダーに匹敵するかそれ以上。

アンドリューに謀られたことを今でも恨んでいるが、これだけは感謝しても良いと思ってしまう。

ただ、ソフィアはとても弱かった。

身体能力は、エルフとそう変わらない。魔力に関しては、ロレッタの百分の一もないだろう。

人間が弱いことは知っていたが、ソフィアはその中でも特に弱い人間だ。

魔道具で身を固めても、ブラウンバードの亜種相手に逃げることしかできないほどに。

だからこそ、ソフィアが攫われた時血の気が引いた。

ソフィアの脆弱さを最も知っているロレッタだからこそ、命が助からないと悟ったからだ。

(自分の弱さが嫌になる。　後輩の一人も守れないなんて)

後悔してももう遅い。

それに、ロレッタ以上にシルヴィアのほうが後悔しているはずだ。ソフィアが転移結晶でどこかへ転移された後、荒れたシルヴィアによって合成獣《キメラ》はその命を散らした。

正直言って、合成獣《キメラ》の強さはロレッタでも苦戦するレベルだ。にもかかわらず、圧倒できるのだからシルヴィアの戦闘能力の高さは折り紙付きだ。

しかし、それでも守ることはできなかった。フェルがいなければ、こちらに死者を出していてもおかしくはない状況だった。

(今は後悔している場合じゃない。はやくソフィアを探さないと)

転移結晶であれば、そう遠くには飛ばされていないはず。

しかし辺りは樹海で、見つけるのは困難だ。そう遠くに飛ばされていないとは言っても、それでもその捜索範囲は膨大だ。

一心不乱に飛び回るロレッタであるが、突然ピピピ！　とタイマーの音が鳴り響く。

時計を見ると、捜索を始めて三十分が経っていた。

アルフォンスと予定していた時刻であり、もしかしたら入れ違いになったのかもしれないと橋の上に戻った。

「ソフィアたちは？」

橋の上では、護衛たちが操られた人たちの拘束をしていた。

その中に、何度か会話をしたことがあるヨアンがいたため、ソフィアたちが戻ってきていないか尋ねてみた。

「戻ってきていませんが……」

おそらく、「なにか手がかりでもありましたか」とでも聞こうとしたのだろう。

だが、ロレッタの焦燥した表情が答えになっており、尋ねるのは酷だと判断したようだ。ロレッタは落胆したように視線を落とすと、再び森へ戻ろうとする。

「待ってください、アルフォンス様がお呼びです。先に、そちらへの報告をお願いいたします」

「……分かった」

闇雲に探しても意味がないことはこの三十分でよく分かった。

ロレッタは、不承不承とアルフォンスたちのもとへと歩き始める。

「お姉さんは？」

開口一番に尋ねてきたのは、フェルだ。

いつもの飄々とした態度とは一転して、感情の抜け落ちた表情で尋ねてくる。

ロレッタは、ふと昔のフェルのようだと思う。

感情を押し殺した人形……おそらく、そうでもしなければ周囲へ甚大な被害を与えてしまうからだろう。

事実、フェルによって編纂されたことで、先ほどの巨人もすでに消えており、周囲の自然環境が歪に修正されていた。

フェルの放つ剣呑とした空気にあてられ、ロレッタは緊張したように結論を伝える。

「何も見つけられなかった……」

「そう」

ロレッタの言葉にフェルは短く返事をすると、目を閉じて何かを考え始める。その立ち姿一つとっても威圧感があり、クルーズたちは魔王の娘という意味を今さらながら思い知っているようだ。

緊迫した空気の中でも、アルフォンスは動じた様子もなくロレッタに尋ねてきた。

「手掛かりは何もないですか？」

「うん。転移結晶だからどの方角に飛んでいったのかも分からない。しらみつぶしに探そうにも広すぎる」

「そうですか……。となると、シルヴィアの方も期待はできなさそうですね」

アルフォンスはそう言って、腕を組んで空を見上げる。

この場所は、ただでさえ木々の影響で日照が悪い。おそらく一時間もしないうちに、暗くなってしまうだろう。

時間内で見つけられる可能性は限りなく低い。このまま二人を向かわせて、二次遭難が起きてしまえばそれこそ問題だ。

「ところで、そっちは何か分かったの？」

「いいえ、話を聞けるような状況にありません。操られていることは確かなのですが、どのような魔法なのか見当もつきません。ただ……」

「ただ？」

アルフォンスの歯切れの悪い言葉に、ロレッタは首を傾げて訊き直す。

「……魔国の関与は間違いないですが、術者はもしかすると固有スキルを持っている可能性があります」

「固有スキル⁉」

アルフォンスの言葉に、ロレッタは珍しく大声を上げてしまう。

固有スキルとは、例外なく強大なスキルだ。現状、魔国で公に確認されているのは三人。寿命から考えると、百年に一人生まれる計算だ。

フェルのスキルも現魔王のスキルも、国さえも傾けるほどの力を持つ。それが、固有スキルである。

その事実を思い出して、ロレッタは冷静になり尋ねた。

「……確証はあるの？」

「うん。あの人形は、きっとそう」

ロレッタの質問に、アルフォンスではなくフェルが静かに答える。

「あの胡散臭い情報屋からヒントをもらっていたのに、なんで気付けなかったのかな」

どこか後悔するように呟くフェル。

（人形？）

その単語の意味が分からず、ロレッタは首を傾げる。

戦闘中も人形を見てはいない。アルフォンスたちも同様だろうが、フェルは何かを見たのだろう。

既に報告を受けているアルフォンスが、説明をする。

「ええ、何でも襲撃者の背後に人形が浮いているようです。詳しい能力は分かりませんが、それが洗脳の原因……」

「洗脳なんて生易しいものじゃない。あれは、文字通り生きた人形。魂を無理やり剥奪するような外法」

「どういうこと？」

ロレッタだけでなく、アルフォンスもまた意味が理解できないのだろう。

だが、フェルはこれ以上語るつもりはない様子で、目を伏せた。これ以上の追求は不可能だと判断し、ロレッタはアルフォンスに尋ねる。

「それで、襲撃者は？」

「拘束しておきましたが、糸が切れた人形のように動かなくなってしまいました」

「そう……それで、この後はどうするの？」

「……この辺りはまだ何があるか分かりません。ですから、移動を始めるつもりです」

「っ⁉」

アルフォンスの薄情な一言に、ロレッタは激昂しそうになる。

だが、強く握りしめた手を見れば、その怒りも見当違いなのだと理解した。ロレッタは行き場のない怒りをどうにか飲み込む。

フェルもまた、表情は読み取れないが不満はあるのだろう。だが、ロレッタと違ってそれほど心配していないように見える。

「……分かった」

どの道、日が落ちれば捜索は不可能だ。

この広い自然のなか、二人を探すのは無謀だと分かっている。だからこそ、ロレッタは静かに頷くのであった。

「お姉さんのことなら問題ないよ」

すると、場の沈黙を払うようにフェルが口を開いた。

「どうしてですか？」

「だって、トノが付いてる。知らないの？　トノはああ見えてパパと殴り合いができるくらいには強いんだよ」

「あら、襲撃に失敗したようね」

豪華な家具が並べられる一室に一人の少女の声が響く。

紅茶を優雅に啜《すす》り、寛いでいた時の出来事だ。目の前に置かれた複数の人形が、色を失い崩れ始めた。

「簡易人形だと、拘束力が弱いわね」

無感情に、壊れた人形を詰めたく見据える。

少女にとって、それはただの人形でしかない。壊れたのであれば、もう一度作り直せば良い。

ただ、それだけのことだった。

とは言え、失敗したというのは面白くない。不意に視線をバルコニーへと向ける。バルコニーへ続くガラス製のドアは開かれており、そこに漆黒の衣に身を包んだ男性が立っていた。

「……」

男性に表情はない。

そして、その背後にもまた人形が浮かんでいた。その男性を見て、少女は淡々と語り始めた。

「どうやら、あなたの部下がやられたようよ。人間にしては、かなりの実力者だったみたいだから、色々と道具を融通したのに……残念ね」

残念だとは全く思っていないのだろう。

男性を前に、優雅に紅茶を啜る。良質な柑橘系の香りが立つ茶葉は、少女にとっても満足するものだ。

「一先ず、これ以上の接触は控えるわ。お父さまも放置みたいだから、それにこちらの人形も最期の働きをしてくれるかもしれないしね。それで良いわね、レイブン」

「……」

少女の言葉を最後に、男性は何も答えることなく、バルコニーへと消えていったのだった。


『へくちゅ！』

目が覚めると、そこは知らない天井だった。

猫のくしゃみで目が覚めたソフィアは、体を起こすとぼんやりと周囲を見渡す。一般的な宿屋の一室といったところだろうか。

最低限のものだけが置かれている質素な部屋だった。

窓から見える光景は暗く、強い雨の音が聞こえてきた。

（わたしはいったい……）

ソフィアは寝起きの頭でぼんやりと考える。

体が熱っぽく、頭が痛い。寒気がして……とそこまで考えて自分の状態が理解できる。間違いなく風邪の症状だ。

自分は確か先ほどまでシルヴィアたちとともにベンガルを目指していたはずだ。にもかかわらず、どうしてこんなところにいるのか。そして、なぜ風邪をひいているのかと疑問に思う。

『にゃぁ』

そんなことを思っていると、聞き覚えのある猫の声が響いた。

「トノ？」

『にゃっ』

ソフィアが枕元で丸くなっているトノを見つけて首をかしげると、「やっと気づいたか」と言う風なあきれた表情を浮かべられた。

猫のくせに本当に器用だなと思わず感心してしまう。

「あっ、猫ちゃん。ご主人様が起きたんだね」

すると、部屋の外から一人の少女が現れる。

年はフェルより少し下くらいで、十代前半。本来であればきれいな水色だろうが、手入れができていないのかくすんだ色となっており、長く伸びた髪を両サイドで束ねていた。

肌は手入れをしていないためか荒れていたが、身なりさえ整えれば将来誰もが振り返るような美女になることだろう。

「うわぁ綺麗……」

ソフィアがそんな風に思っていると、逆にミナの方が頬を赤く染めてソフィアに言った。

面と向かって綺麗などと言われた経験のないソフィアは、対応に困り、はにかみ笑いを浮かべる。

「ありがとうございます。えっと、あなたは？」

「あっ、すみません！　私は、ミナって言います！　十二歳独身恋愛経験なしでちゅ！　噛んじゃったよ。うぅ」

緊張により噛んでしまったことが恥ずかしいようで耳まで真っ赤だ。それでも、ソフィアたちから視線を逸らさないのはとても立派で、好ましく思う。

（ただ、なんでしょうか。自己紹介の定型文に悪意を感じるような）

そんな風に思うソフィアであるが、その犯人らしき人物が扉の隙間から顔を出してこちらを見ていた。

「はぁはぁ……恥ずかしがるミナちゃんも可愛い！　う〜ん、けど恋愛経験なしは微妙だったかな」

「だから言ったじゃない。ミナちゃんは可愛いけど、少しあざとすぎよ」

「なら、次はこんな感じでどう？　『私はミナ！　宿屋の一人娘で、将来は大魔導士として歴史に名を連ねる女！』かっこいい感じに攻めてみたけど」

「まぁ、良いわね。そこに眼帯とかさせてみたら余計にいいと思わない？」

「おおっ！　母さんは天才か！　ならさっそく眼帯を……」

「用意しなくていいよ！」

娘からの悲痛な叫び。それを受けた両親はというと……。

「見て、小刻みに震えているわ！……何て可愛らしいの⁉」

「やばい鼻血出そう。ていうか出てる！」

「もういや、このばか親」

扉の向こうからこっそりと、はぁはぁしながら覗き込む大人たち。

心の底から出た声は、ソフィアも心底共感できるもので……。

（この子は強い子ですね）

と思わず感心してしまう。

そして、自分だったら耐えきれず家を出てしまう気がした。一方でトノは呆れのあまり、無視することに決めているようだ。

「えっと、それでここはどこなのでしょうか？」

ミナが両親二人を追い払ったところで、ソフィアは尋ねた。

「ここは、ロリータ子爵領南端にある小さな村の私の家兼宿屋だよ」

ソフィアは地図を思い浮かべる。

ロリータ子爵は、テアニン伯爵の寄り子で領地は北に隣接している。ダージリン領とは、ルタミン子爵領の西端に隣接しているはずだ。

そこまで思い出して……。

「ということは、ダージリン公爵領の近くですか？」

「うん。村から西に出れば、すぐに関所だよ」

その言葉を聞いて安堵する。

(それほど遠くに飛ばされたわけではないようですね。よかった)

転移結晶の存在はソフィアも知っていた。

結晶の大きさからして、それほど遠くに飛ばされていないとは思っていたが、想像以上に近い場所だった。

惜しいと思うのは、やはりダージリン公爵領ではなかったことだろう。隣の領地に飛ばされてしまったのはかなり痛い。そんなことを考えていると、ミナが聞いてきた。

「本当にびっくりしちゃったよ。土砂降りの中、裏庭のほうで倒れていたお姉さんを見つけたんだもん。何があったの?」

純粋に気になったのかミナが尋ねてくる。

その言葉に、ソフィアは逡巡する。

(シルヴィアたち、どうなったんでしょうか? けど、フェルちゃんがいる以上、万が一の事態はないと思いますが)

脳裏に浮かぶのは、フェルが作り上げた巨人。

今思い出しても、足がすくんでしまう。そんな彼女がいる以上、万が一の事態など起きようがない。

一刻も早く戻りたい気持ちはある。しかし、風邪のため体が妙に重い。マジックポーチの中に薬をしまってあったことが功を奏して、多少はましになったが、すぐに動けるような状態ではなかった。

だが、それよりもソフィアの心を蝕んだのは……。

（私は結局皆さんの足を引っ張ってばかり）

合成獣《キメラ》の突進を不意打ちに近い形で食らったのだから、シルヴィアとて無傷とはいかなかった。

あの時、シルヴィアはよけることもできたはずだ。

しかし、それをしなかったのは、いや、できなかったのはソフィアが背後にいたからだ。シルヴィアだからこそ軽傷で済んだが、ソフィアであれば間違いなく死んでいた。

（私がいなければ、シルヴィアも傷つくことがなかったはずなのに）

そう思わずにはいられなかった。

ソフィアが、自分の無力さに唇を強くかみしめていると、何かを察したのか途端にミナが気遣うように声をかけてきた。

「うちはベッドに拘っているから、一晩寝ればきっと気分がよくなるよ！　あっ、そうだ！　今日採った香草があるから、炊いておくね。気分が落ち着くから」

そう言って香草を炊くと部屋を出ていくミナ。

「気を使わせてしまいましたね」

申し訳ない気持ちがこみあげてくる。

それと同時に自己嫌悪のループに陥り、悶々とした気持ちが湧き起こる。ミナが炊いてくれた香草の香りは落ち着くものの、やはりソフィアの心はざわめく。

心にとげを抱えたまま、ソフィアは眠りにつくのであった。

「うっ、うう」

昨夜の大雨が嘘のように雲一つない青空が一面に広がる。

地面には水たまりができており、土の匂いが鼻につく。ソフィアは、雨の日特有の匂いが嫌いではなかった。ぐっと体を伸ばすと、朝の新鮮な空気を体に取り込む。

魔国の薬はよく効く。

体のだるさこそ残っているが、一晩ぐっすりと休んだことですっかり良くなった。

周囲を見渡すと、村人たちが作物に大雨の影響が出ていないか調べているのが見えた。

「お姉さん、おはよう」

すると、後ろから声を掛けられる。

振りむいた先にいたのはミナだった。ソフィアも軽く礼をすると挨拶を交わす。

「おはようございます。お早いですね」

「お姉さんこそ。それよりも体はもう大丈夫なの？」

「ええ、おかげさまで」

「……無理はしないでね」

心配させまいと笑顔を浮かべるものの、ミナにはそれが空元気のように思えたのだろう。実際、ソフィアは体の方はだいぶ良くなったものの、やはり心のダメージは深刻だった。朝早く起きてしまったのも、自分のせいで何もかもを失っていく夢を見てしまったからだ。

ミナが気を使ってくれたものの、結局のところ寝起きは最悪な気分だった。

そんなソフィアの心情を悟ったのか満面の笑みを浮かべて、ミナは話題を転換する。

「この時期の雨は珍しいよね。運がなかったとしか言いようがないけど、おかげでみんな大忙しだよ」

「農作物に被害が出ていないといいですが……」

「話を聞くと、やっぱりそれなりに出ちゃったみたいだよ。天候に文句を言っても仕方ないと思うけど、やっぱりね」

幼い少女がやるせない表情で、箒《ほうき》ではたく光景はなかなかにシュールだ。

親があんな正確なため、子は早熟なのだろう。

「それよりも、一人でお掃除ですか？」

昨夜の突風の影響で宿屋の屋根の一部は破損してしまい、ロビーは風の影響でかなり汚れていた。

バケツを持っていることから掃除をしているのだと判断し、手伝いを申し出ようとすると……。

「えっと、それは……その」

ミナは恥ずかしそうに頬を朱に染める。

いったい何があったのだろう。そう思って、首を傾げてしまうと……。

「……バカ二人が寝坊したなんていえないよぅ」

本人は口に出すつもりはなかったのだろう。消え入りそうな小さな声だったが、ソフィアの耳にはしっかりと届いていた。そして、宿屋の方を見ると、まだ顔も洗っていないミナの両親らしき姿があった。

現状を理解したソフィア。幼い娘が忙しく働いているのに、暢気《のんき》に欠伸をしている二人を冷たい目で見てしまう。

「す、すみません！　私急いでいるもので！」

「頑張ってくださいね」

「……っ!?　はい！」

ソフィアの言葉にミナは羞恥に頬を染める。

だが、その言葉に何かを感じたのかはにかみ笑いを浮かべて元気よく返事を返してきた。その様子を見て、思った。

「これが、鳶《とんび》が鷹《たか》を生むということですか」


それから、時は進む。

宿代についてはすでに支払いは済ませてあるが、いろいろとミナにはお世話になっている。そのため、掃除の手伝いをしていた。

すると、ガシャン！　とまるで陶器が割れたような音が何度かロビーまで届いてきた。それと共に、幼い声が聞こえてくる。

「お母さんは厨房に立たないでって言ったでしょ！　もう、お皿何枚割ったと思っているの⁉　お父さんもだからね！」

「はっはっは。相変わらずミナは元気がいいのう」

家の前で掃除をしていたソフィアにそう言って通りがかった老爺が語り掛けてくる。

「これはいつものことなんですか？」

「おうともよ。あの子はすごくしっかりとした子じゃからな。それはそうと、お前さんはどこのどなたかな？」

「私は、商人見習のようなものです。ダージリン公爵領へ向かう途中、はぐれてしまったところをミナちゃんに助けてもらいました」

「そうか、それはなかなか大変じゃったの」

老爺は、ソフィアの言葉に半信半疑といった様子だ。

おそらく、突然現れたよそ者を警戒しているのだろう。探りを入れているように見える。いや、実際に探りを入れているのだろう。

「お気になさられていることは理解できます。私も長居をするつもりはありません。今日中にはここを立ち、ダージリン公爵領へと向かうつもりです」

「そうするのが良かろう。じゃが、なかなか厄介なことになるじゃろうがな」

そう言い残して、老爺はソフィアに背を向けて立ち去っていく。

「厄介なこと？」

一人首をかしげるソフィアだったが、当然のことながらその問いに答えてくれる人はいなかった。


時刻は昼前。

ソフィアがミナたちへの恩返しを兼ねて掃除などのお手伝いを終えた頃には、他の村人たちも普段の落ち着きを取り戻していた。

余所者が珍しいのだろう。宿屋の前にいるソフィアは視線を集める中、あるものを用意し始めた。

「……えっと、お姉さんこれは何？」

「バーベキューコンロと呼ばれる調理器具です。折り畳み式で本格的なものではないんですけどね」

そう言って苦笑するソフィア。

いったいなぜソフィアがこんなものを持っていたかというと、コンロが足りない時に使うため、マジックポーチの中にしまっていたのだ。

まさかこんな形で出番が回ってくるとは思わなかったと、内心苦笑を浮かべる。目を輝かせてコンロを見るミナを見てほほえましい気分になる。

「これを使って今からマツタケと呼ばれるキノコを料理してみようかと。手持ちの食材がほとんどなくて恐縮ですが、せっかくですのでミナちゃんに食べてもらおうかなと」

「お姉さん料理ができるんですか！」

ソフィアが手際よく、マツタケの石突《いしづき》を削っていると、尊敬したような目を向けてくるミナ。

「ええ、まぁ。……ミナちゃんも、料理はするのですか？」

「私は料理の才能がなくて……。おかしな話なんですけど、うちの宿まともな料理が出ないんですよね。両親はあれですから」

「ああそれは納得なような」

そう言いながら、ソフィアはマジックポーチから調味料を取り出す。

シンプルに、塩とバター、しょうゆに料理酒。ミナは調味料に興味があるようだが、それよりもソフィアのポーチのほうが興味津々だ。

「お姉さんのポーチって、すごくいっぱい入るんですね」

「えっ、ああこれのことですか。見た目以上にいっぱい入るんですよ。そうだ、せっかくですから一緒に料理をしませんか？」

「ええ！　良いんですか！」

誰も断るつもりはなく、むしろ歓迎した。

中には遠目で見ていた子供たちも気になっていたようで、ミナが一緒に料理を始めることになってざわめき始める。

「うわっ、何だよこれ！　すげぇ！」

「これで料理するんだって！」

「ミナばっかり狡《ずる》いぞ！」

五歳から十代前半くらい。

体力的な面で農地へ出ていなかった子供たちが、次々と集まってくる。彼らにとって、未知の料理器具であるバーベキューコンロはとても気になる物だったのだろう。

ソフィアは、困ったような表情を浮かべたのもつかの間。すぐに笑みを浮かべて、子供たちの前で料理を始める。

とは言え、調理というほどではない。

ただ焼くだけである。ソフィアはマツタケを手で半分に割く。マツタケは大きければ大きいほど香りが強く美味しいとされる。だが、時期も早いと言うこともあって小ぶりのマツタケしかない。傘は閉じていた方が見た目も良いが、バラバラだった。

ソフィアは、マツタケを手で割くとちょうど良い大きさに二分すると、今度はアルミホイルを用意して包む。

「味付けはどうしますか？　塩とバター醤油がありますと言っても分かりませんよね。無難に半々で作りましょうか」

ソフィアは目を輝かせている少年少女たちを見て苦笑を浮かべると、半数のマツタケに調理酒と塩を入れホイル焼きにする。そしてもう半数には、醤油とバターを入れて同様にホイル焼きにした。

徐々に良い匂いが立ちこんできて、先ほどから別のことに気を取られていた子たちも徐々に匂いに当てられ興味を惹いてきたようだ。

「ねぇ、お姉ちゃん。これなに作っているの？」

「これは、マツタケ……えっとキノコを焼いているんです。とても美味しいですよ」

簡単だが、火加減を間違えれば失敗する。

ソフィアは、少女の質問に答えながらも火から目を離さなかった。初めての経験で失敗はできないと思っていると、不意に変化が訪れる。

（あれ、温度が動く？）

生活魔法が料理魔法にリンクしたのを感じる。

その恩恵で、炎ではなく熱を自由に動かせるようになった。ソフィアの戸惑いは一瞬で、すぐに集中すると熱をコントロールする。

料理スキルのレベルが十。

これの恩恵により、ソフィアは感覚でどの程度温度が伝わったのか理解できる。だからこそ、熱をコントロールして全体に行き渡らせることができる。

不規則ではなく支配された炎。それが、均等にマツタケを熱していく。

「完成しました」

火を止め、額の汗をぬぐうと……。

「すごい！　お姉さん、今のどうやったんですか⁉」

「へ？」

ミナが興奮したように声を上げた。

すると、それに次いで他の子供たちも声を上げ始める。

「何か、勝手に炎が動いてたよ！」

「あんなの見たことねぇ！　魔法だよな！」

「料理って凄い！」

興奮混じりに次々と声を掛けられ、戸惑うソフィア。

「さぁ、皆さん。冷めないうちに食べましょうか」

ソフィアの言葉に誰も反対はしなかった。

何せ、バター醤油の良い匂いが充満しているのだ。この匂いに食欲が刺激されないはずもなく、お皿に乗せると食べ始める。

「……!?」

一口食べると言葉を失う。

誰もが、目を瞬かせ顔を見合わせる。そして、爆発したように子供たちが声を上げた。

「美味しい！」

「このキノコ、こんなに美味しかったの！」

「バターショウユって、すごく美味しい！」

「塩も美味しいよ！」

「なら、交換して食べようよ！」

『やっぱり、俺は醤油派だな。塩もうまいけど』

和気あいあいと食べ始める子供たち。

一匹変なのが混じっているような気がしたが、きっと気のせいだろう。匂いに釣られて惰眠を貪っていた白猫が現れただけだ。しゃべってはいない。空耳だ。

それはさておき……。

「……っ⁉」

ソフィアはその光景が眩しかった。

自分の料理がこの光景を作り上げていると思うと嬉しさが込み上げてくる。すると、ミナが近づいてきて言った。

「お姉さんって、料理が好きなんだね」

「料理が好き？」

一瞬ミナに言われたことが理解できず、呆然とした表情を浮かべる。そんなソフィアの様子にミナは首をかしげると……。

「料理をしている間、お姉さんとっても楽しそうだった。だから料理が好きだと思ったんだけど違うの？」

「……そう、ですね。料理は私と母の一番強い繋がりのようなものですし。それに……」

ミナの言葉に、本当にそうなのかと自問自答してしまう。

周囲からの期待が重くてつらい。クルーズからのソフィアに料理で国を救ってくれという突拍子もない申し出も、そしてその許可を出したアルフォンスひいては魔王の考えも、ソフィアにとっては重くのしかかっていた。

（私はみんなの足を引っ張ってばかり……期待に応えることなんて）

ソフィアにとって料理とは亡き母との絆のようなものだ。趣味のようなもので、そんな過度な期待をされるのは正直苦痛だった。自分の作る料理を食べて、笑顔になってもらいたい。しかし、それは料理が好きだからなのか。

分からない、分からないからこそ混乱する。すると、ソフィアの困惑が表情に出ていたのか、ミナは心底不思議そうな表情で言った。

「お姉さんは少し難しく考えすぎているんじゃないの？」

「難しくですか？　ですが……」

「だって、物事は意外と単純なんだよ。それこそ、『はい』か『いいえ』の二択で大抵決められることなんだよ」

そう言って、首をかしげるミナ。

子供ゆえの無知。この世界はそんな単純ではないのだと声を荒げて、言いたかった。しかし、いくら困惑しているソフィアとて、子供の発言に気を取り乱すようなことはせず、嗜めるように言った。

「ミナちゃん。大人になれば分かると思うけど、世の中そんなに単純じゃないんですよ。何か行動するにしても責任がありますし、周囲からの期待とかもあります。だから、二択で答えることはできないんですよ」

ソフィアは内心の苦悩を表情に出さず穏やかな表情で言った。

子供に言っても分かりはしない。それほど年が離れているわけではないが、きっとミナが理解することはないだろう。

適当な返事が返ってくると思ったのだが……。

「そんなことないよ」

「えっ」

ソフィアの予想を裏切り、返ってきたのは明確な否定だった。

一瞬何を言われたか困惑するソフィアであるが、それよりも先にミナが言葉をつづけた。

「だって、それって料理が好きかどうかに全く関係ないよね」

「それはっ……」

ソフィアはとっさに否定の声を上げようとしたが、続く言葉が出てこなかった。

「要はね。期待とか責任とかはよく分からないけど、結局決めるのは自分なんだよ。期待に応えられないから、料理が嫌いってことにはならないよね」

「……」

ミナの言葉に反論の声が出てこなかった。

心の奥底で、ミナの言葉が正しいと思ってしまったから。だが、それと同時により頭の中が混乱する。

（ですが、だとしたら、私は……。私はどうしてこんなにも苦しいの）

ソフィアの脳裏にフラッシュバックする先日の光景。

クルーズたちだけでなく、絶対的な信頼があったシルヴィアまでも怪我を負う始末。そして、それは自分が原因であって、抵抗もできず簡単に敵の手に落ちてしまった。

あまりにも無力すぎた。

力があるとは思っていない。先日のザルツの一件は振り切ったと思ったのだが、こうして無力な自分をさらけ出すと、自分には何も変えられないのでは。やはり、クルーズたちの期待に……。

（いえ、これがいけないのでしょうね）

ソフィアはそこまで考えて、はっとなる。

ミナが指摘したように、料理を責任や期待と結びつけてしまう自分がいる。だが、ソフィアにとって、自分の中の料理とはそれと同義となっていたのだ。

困惑を深めるソフィアに、突然ミナが話題を変えた。

「話は変わるけど、昔この村に剣が好きなお兄ちゃんがいたの。けど、小さかった私から見ても正直言って才能はなかったと思う。けどね、お兄ちゃんは毎日剣を振り続けたんだ。なんでだと思う？」

「それは……好きだったからですか」

「うん。周囲がどう思おうと、お兄ちゃんは剣が好きだった。だから、才能がなくても毎日振り続けることができたんだよ。だからね、私が言いたいのは、自分が好きかどうかに他人の意見は関係ないんだよ」

「でも、それは……」

そんな風に割り切れたらどんなに楽だろうか。

周囲の意見を聞いてなお、自分の意思を貫き通す傲慢さ。客観や主観両方とも才能がないと分かっていても、自分の「好き」という思いを貫き通す。

ソフィアにはできる気がしなかった。

「お姉さんにはお姉さんの事情があると思う。けどね、周囲の期待とか責任とかで、嫌いだと思うのは……きっと、自分の心への裏切りだと思うよ」

「っ⁉」

心への裏切り。

ミナのその言葉が、ソフィアの胸に深く突き刺さる。

「周囲がどう思おうと、そんなの関係ない。傲慢だと思われても、自分の心に嘘を吐く方がよっぽど苦しいんだと思うよ」

（あぁ、そういうことなのですね……）

ソフィアは、ストンと腑に落ちた。それは、フラボノの町でフェルに言われたことに似ていた。

しかし、だからこそだろうかソフィアの心によく響く。

どうして自分がこんなにも苦しいのか。辛いのか。料理が嫌いだからではない。母との絆でもあり、皆に食べてもらうのがうれしかった。

しかし、それと同時に要らぬしがらみも増えていて、心は決まっているのに、頭の中で余計なことばかり考えてしまう。そんな、心と思考の乖離《かいり》が生み出したせめぎ合いがソフィアを苦しめていたのだと。

「あっ、けどっ、そのねっ！　私が言いたかったのは……」

先ほどまでとは打って変わって、年相応の少女のように戸惑うミナ。

しばらくして、考えがまとまったのか、万人が見とれてしまいそうな満面の笑みを浮かべて、ソフィアに言った。

「とっても美味しい」

その言葉が何よりも嬉しかった。

そして、他の子供たちも次々にソフィアに「美味しい」と伝えて笑顔を見せてくれる。この光景だけで胸が一杯だった。

(ああ、私の描く料理人とは、これだったのですね)

ソフィアが描く憧憬。

それは、かつて母が魅せてくれた料理の光景。作る方も食べる方もどちらも笑顔を浮かべ、食卓が色鮮やかに見えた。

ソフィアが目指すもの。

それは、その光景の再現ではない。

『ソフィア、あんたも本当にやりたい後悔のない道を選びな』

亡き母の言葉が思い起こされる。

ソフィアが望むものは、母の後を追うことだけか。いいや、違う。

(私は、誰もが食卓で笑顔を浮かべられる光景を作りたい……。たとえ、心に深い傷を負った人でも、わずかな余命に絶望している人にでも、食卓では笑顔を浮かべていてほしい。私はそんな料理

人になりたい）

それは、ソフィアにとっての道しるべだ。

それと同時に、ソフィアの中でまるでヒヨコがカラを破ったような音が響く。自分の中で何かが変化したのを感じながら……。

「ありが、とう……」

ミナに、そして子供たちに感謝の言葉を口にしていた。


「ダージリン領へ行けないんですか⁉」

宿に戻ると、ミナの両親と今朝あった老爺がおり、開口一番にショックな事実を突きつけられた。

この老爺は、実はこの村の村長をしている人物で、先ほどの意味ありげなセリフの説明にやってきたのだ。

「行けないとは言ってなかろう。ただ、領主様に通行証を発行してもらわなければ、関所を通ることができんのじゃ」

「その発行に月単位で時間がかかるのであれば、通れないのも同然です。しかも、この金額は何ですか？　平民であれば十年は働かずに暮らせる金額ですよ」

ミナに発破をかけられて、アルフォンスたちと合流しようと思った矢先にこれだ。

やる気に水を差されて、げんなりとしてしまうのも仕方がないだろう。

「お嬢さんほど利発な人なら、その理由がお分かりじゃろう」

「……領民の流出を防ぐためですか」

「その通りじゃ。隣のダージリン領と、ここでは税の重さが天と地ほど違う。この領地に生まれたものは、常々ダージリン領に生まれたかったと思うとる。それゆえに、毎年多くの領民がダージリン領へ出ていってしまうのじゃ。この村からも出ていくものが数多い」

確かに、領民の流出は領主にとって死活問題だ。

その対策として、通行税をかけるというのは典型的な手段と言える。だが、この通行税の高さは、正直言って異常だった。

どうやって、ここを出ていくかを考えていると……。

「ちょっと待ってください。村から出ていく人がいるということは、正規の道でなければあるということですか？」

「その通りじゃ。法外な通行税と時間があれば、安全な関所を通ってダージリン領へと向かえる。じゃが、非正規の道というならば、他にあるのじゃ。じゃが、その道にはかなりの危険が伴う」

「危険、ですか？」

「そうじゃ。道が険しいというのは当然のこと。それよりも恐ろしいのが……出るのじゃよ」

「出る？」

喉元まで「幽霊でしょうか」という言葉が出てくるが、ぐっと飲みこむ。

そして、村長は神妙な表情で言った。

「陸の王と恐れられるフォレストベアーじゃ。どれほど危険な道か分かるじゃろう」

ソフィアは、その言葉にゴクリと唾をのんだ。

だが……。

「って、あれ？　フォレストベアー？　森のくまさんですか？」

「「「「森のくまさん⁉」」」」

脳裏に浮かぶのは、ロレッタに飼いならされていた陸の王（笑）。

「いやはや、なかなかに剛毅なお嬢さんだ。まさか、あの陸の王を森のくまさんと呼ぶとはのぅ」

「あっ、いえ……戦いになれば負けると思いますけど、逃げ切れる自信はありますよ。今更、一ワイバーン程度のくまさんに驚かないですよ」

「「「「一ワイバーンってなに⁉　ワイバーンってそもそも単位なの⁉」」」」

なかなかにノリのいい方たちだ。

ミナの両親に対してはやはりと感じるが、村長とミナもなかなかに反応がいい。ソフィアの足元でマツタケの余韻に浸りニヤニヤしている白猫が『はっ、あんな羽トカゲ、ワンパンだワンパン』とか言っているような気がするが、きっとソフィアの気のせいだろう。

（あぁ、魔国に来たばかりの自分が懐かしいです）

彼らの反応を見て、慈母のような優しい笑みを浮かべ……。

「世界は広く、ワイバーンなんてただの単位基準だったんですよ」

「「「た、単位基準……」」」

「ですが、空が飛べるだけの羽トカゲにすぎませんから、最近では単位基準失格なんですけどね」

「「「……」」」

悪魔のようにささやく。

そして……。

「私が今住んでいるところだと、ワイバーンが出たら即狩猟で鍋の中にポイッですよ。ワイバーンってすごくおいしいんですよ」

「「「どんな人外魔境⁉」」」

たまらず絶叫する四人。

そんな彼らを見て、ソフィアは思った。

（だって、魔国ですもの）

魔国で散々からかわれた理由がよく分かった。ソフィアの中の悪魔が、「あっ、これ楽しいかも」と囁いているのだ。

だが、驚くだけならまだいいだろう。

自分は、驚くだけではなく、子供にまで笑われる始末だ。それに比べれば、恥ずかしくもなんともない。

「とまぁ、フォレストベアーであれば問題ないです。それこそ、この前見た合成獣《キメラ》でも出ない限りは」

シルヴィアに怪我をさせた魔物。

正直、あれが何だったのかはソフィアには分からない。だが、一つ言えることは、間違いなくワイバーンとはけた違いに強いということだけ。

(三千ワイバーン級のシルヴィアが、負傷したということは……五百ワイバーンくらいはありそうですね)

「い、今、なんかお姉さんの口から三千とか五百とかって、ミナ聞こえた気がしたんだけど」

ソフィアの漏れ出た心の声や、ミナの呟きを聞かなかったことにした村長がゴホン、ゴホンと咳払いをする。

「そこまで自信があるのであれば止めはせんよ。視察団が来る時期で、お主をどうするか困っていたところじゃったからな」

「鉢合わせでもしたら、厄介なことになっていましたね」

「まったくじゃ……それに」

同意を示す村長は、ちらりとミナに視線を向け、もう一度ソフィアに向き合った。

「一つ頼みごとがある」

「何でしょうか?」

「ミナを連れていってはくれんじゃろうか?」

「「っ」」

村長の言葉に、息をのむ。

ソフィアも村長の言葉の意味が分からず、怪訝な表情を浮かべて首をかしげる。

「いったいどうして？」

「お主も聞いたことはないのかのぅ。ロリータ子爵は、厄介な性的嗜好をもっておってな。そのなんじゃ、十歳前後の少女に……」

ミナにちらちらと視線を送りながら、嫌そうな表情を浮かべる村長。そして、はらわたが煮えくり返った様子の両親。彼らの反応を見て、ミナは分かっていないようだが、耳年増なソフィアはすぐ理解した。

（名は体を現すといいますが……少女趣味《ロリータ・コンプレックス》って、フェルちゃんがいれば、「奇跡だ！」とでも言いそうですね。いえ、こちらに言葉はないんですけど）

ロリータ・コンプレックスとは、魔国の言葉である。

ソフィア自身、魔国で調べて初めて知った言葉だ。なぜそんな言葉を調べたのか、それについては気にしないでおくとして。

アッサム王国にいる間は気にもしなかったが、こうして名が体を現す状況に直面して、引いてしまうより先に感心してしまう自分がいた。

ソフィアが、そんなどうでもいいことに感心していると……。

「村長！　ミナちゃんを村から出すなんて認めない！」

「そうよ！　そうよ！　ミナちゃんのためなら、領主だろうが何だろうが返り討ちにしてあげるわ！」

「お父さん、お母さん……」

二人の言葉に、悲しいやら嬉しいのやら、複雑な表情を浮かべるミナ。

村長とミナの間に割り込んだ二人を村長は……。

「だまらっしゃい！」

一喝した。

好々爺である村長が、明らかに怒りを見せている。普段怒らない人物が声を荒げたことで、三人は思わず体を硬直させた。

「何がその子のためか、よく考えるのじゃ！　儂《わし》とて、ミナのことは孫のように思っておるし、いなくなれば寂しい。じゃが、少なくとも、儂にはあの豚畜生の慰み者になることがこの子の幸せだとは思えん」

「『それは……』」

「本音を言えば、お嬢さんの迎えの者がやってくるのが望ましかった。どうにも、このお嬢さんは頼りないしの」

「た、頼りない……」

おかしい、突然ソフィアの方にも飛び火した。

しかも、村長の言葉に腹立たしいことにミナの両親も首を縦に振っているではないか。優しいミナは、「そんなことないですよ」とフォローしてくれるが、足元にいる白猫など『今更かよ』とでも言いたそうにお腹をボリボリかいているではないか。

「なら、俺らもついていく！」

「ええ。この子だけでは頼りないもの！　私たちがついていけば、肉壁くらいにはなれるわ！　ねぇ、あなた」

「おう、任せておけ。ミナちゃん、俺らが食べられている間に、先に行くんだ」

「できるわけないじゃん！　ていうか、食べられる前提なの！」

「はっはっは、俺ら腕はからっきしなんだよ。父さんも母さんも村一番の弱さだと思うぞ」

「まぁ、そんなことはないわよ。お母さん、お父さんよりは強いから、下から二番目よ」

「全然誇れることじゃないよ！」

　本当に仲がいい家族だ。

　領主のことがなければ、一緒に暮らすことが何よりも幸せだろう。そんな風に思っていると、村長が大きくため息をついてソフィアに話しかけてきた。

「あの二人はああ言っておるが、一緒に行かせるわけにはいかん。巡察の時に、ミナが亡くなったと証言してもらうためにも、いなくなられると困るからのう。まぁ、それは建前として実際はあの二人ものすごく体力がないのじゃ。足手まといはいらんじゃろう」

「な、なかなか辛辣ですね」

「可愛い孫娘のリスクを少しでも軽減してやるためじゃ。あの二人は、肉壁にさえならん可能性が高い。ミナは優しい子じゃから見捨てられんじゃろうし、連れていかん方が幸せじゃろう」

　言葉の端々から、この家族のことを思っているのは確かだ。しかし、一つだけ気になることがあった。

「どうして、そこまでミナちゃんを領の外に連れ出したいのですか？」

「ミナは、村の娘とは思えんほど顔立ちが整っているじゃろう。あえて、汚い恰好をさせているが、それでも隠しきれるものではない」

「ああ、それでですか」

ミナの身だしなみを見て、納得した表情を浮かべる。

ロリータ子爵も、小さい子であればだれでも発情するわけではないということだろう。ある程度顔立ちが整っている必要がある。

村長の話によると、ミナについてはあえて汚い恰好をさせていても、顔立ちの良さがどうしても目立ってしまう。肌も手入れをしていないとはいえ、同じ村の子どもに比べると、いや比べるまでもなく白い。

そのため、顔立ちの良さがこの村だけでなく周囲の村にまで広まってしまい、結果として領主の耳にも入ってしまったというわけだ。

巡察の際に、おそらくミナが連れていかれる。それが分かっているからの提案、と思ったのだが……。

「儂とて領主に逆らうつもりはない。非情と思われるかもしれんが、おとなしく孫娘を差し出す覚悟はある。じゃが、この子だけはだめなんじゃ」

「それは？」

「ミナ、見せて差し上げなさい」

「いいの？」

「この者が悪人でないことは、儂よりもお主のほうがよく分かっておるじゃろう」

村長に言われて、しばし迷いを見せたがミナは小さく「うん」と頷き、長いツインテールにしていた髪を下ろす。すると……。

「角……」

長い髪に隠れていたのは、本来人間に生えることのない角。

イザナの角とは違い、まるで竜の角を彷彿とさせる力強さがあった。そこから導き出される答えはというと……。

「ミナちゃんは魔族だったのですね」

その言葉に、ビクッと反応をするミナ。

同時に、村長がミナだけは領の外に出したいと思った理由が分かる。ミナが魔族ということは、村には魔族を匿《かくま》っていたというレッテルが貼られ、ミナ自身世にも珍しい魔族として見世物にされる可能性が高い。

尤も、人間にとって魔族とは恐怖の対象だ。怯えたミナの瞳には、ソフィアから拒絶されることを恐れているのだと物語っている。

そんなミナを安心させるように微笑む。

「大丈夫です。私はミナちゃんが魔族であろうと態度を変えませんから」

「ほんと？」

「ええ、もちろんですよ。それに実をいうと、魔族に会うのは初めてではありません。知り合いもいっぱいですよ」

脳裏に浮かぶのは、シルヴィアたちや、今もマンデリンにいるシュナイダーやアニータ、ついでにアンドリュー。メルディやイザナ、テディにキャロなども次々に頭の中に浮かんでいく。

ソフィアの言葉が真実だと思ったのか、先ほどまで緊張していたミナが柔らかい笑みを浮かべた。

と、その時だった……。

「「今まで黙っていて、ごめんなさい!!」」

猛烈な勢いで謝る、ミナの両親。

床に頭をこすりつけて、土下座する姿にソフィアは思わず「土下座ってあったんだ」などと場違いにも思ってしまう。

「えっと、お父さんお母さん突然何？」

一方で、ミナは困惑の表情を浮かべたまま尋ねると……。

「「私たちは、ミナちゃんの本当の親じゃないんです！　今まで、黙っていてごめんなさい！」」

「「「……」」」

ばっちり息の合った二人。

一方で、ソフィア、村長、ミナの三人は反応に戸惑う。事情を知らないソフィアは、こっそりと二人の様子を窺うが、同じように「何言ってるんだろうこの人たち」といった表情をしていた。

そして、額を床につけたままの両親を見て、ミナはポツリとつぶやいた。

「えっ、知ってたけど」

「「え？」」

ミナの呟きに、頭を上げた二人は呆然とした表情を浮かべる。

そして、恐る恐るといった表情で、二人はミナに尋ねる。

「えっ、嘘よね。ミナちゃん、私が本当の母親じゃなかったって知っていたの？」

「うん」

「じゃあ、俺が父親じゃないってことも？」

「うん」

「ど、どうやって気が付いたんだ？」

「どうやってって、親と種族が違うんだから疑問に思うでしょ」

心底呆れたような表情を浮かべるミナ。確かに、両親は普通の人間で、自分だけ角が生えているとなれば、本当の両親ではないのではと思うのも至極当然だった。ミナの方は、すでに区切りがついているようであるが……。

「な、なんだってぇー！」

「種族が違うからってだけで、気が付くのか。さすがはミナちゃん」

「二人の中で、ミナってどんな間抜けなの⁉　ふつう気づくでしょ！」

「な、なんてこと……。父さん、ショックだぞ。まさか、ミナが俺の子じゃないだなんて」

「私もよ、あなた。ミナちゃんが、ミナちゃんが……私たちの子じゃないなんて」

「ねぇ、これ普通立場が逆じゃないの？　なんで打ち明けられたミナじゃなくて、打ち明けたお父さんたちがショックを受けてるの？」

「「ミナちゃん！」」

一人げんなりとした表情を浮かべるミナに、抱き着く二人。

もう一生会えないと思う覚悟があるのだろう。ただ、その光景を見たソフィアは思った。すると、村長がソフィアの肩をたたくと小さな声で言った。

「急いでいるのは分かるんじゃが、この家族に今夜だけ時間を与えてほしいのじゃ」

本音を言えば、ソフィアとトノだけですぐにでも出発したい。

しかし、ミナはソフィアにとって恩人でもある。その恩人を見捨てることも、育ての親との最後の時間を奪うこともできなかった。

心の中で、アルフォンスたちに謝ると、そっと村長の後に続いて宿屋を出ていくのであった。


次の日のお昼過ぎ。

ソフィアたちの姿は、ダージリン領へと繋がるとされる険しい山を登っていた。ここはフォレストベアーが出現するため、ロリータ子爵の監視も甘く、人目を気にせず進むことができる。しかし……。

「思っていた以上に険しいですね」

「はい。話に聞いていましたけど、ここまでとは……。両親が何が何でもついていくといわなくてよかったです。冗談抜きで肉壁にさえなれなかったと思います」

「……村長さんのぎっくり腰がなければついてきていましたね。間違いなく」

ミナの両親は、今朝出発する時も「行かないでぇ！」とソフィアたちが引くくらい必死にミナを止めていた。それどころか、いつの間に身支度をしたのか、夜逃げでもするのかという大荷物を背負ってついてこようとしたのだ。

しかし、運動不足で貧弱な肉体を持つ二人。

身の丈以上の荷物を持ったことで、ぎっくり腰になってしまったのだ。そうして、早朝の静寂に似つかわしくないあわただしい中、ソフィアたちは無事に？　出発した。

「ミナちゃん、あとどのくらいで着くか分かりますか？」

「また聞き程度なので、正確なことは言えませんが。先ほど折り返し地点を超えたので、あと三時間くらいで抜けられると思います」

「三時間ですか……」

ミナの言葉に、思わずげんなりとしてしまう。

ソフィアは、魔道具による強化。ミナは身体能力強化の魔法が使えないが、もともとの高い身体能力。

それでもキツいと思ってしまうのだから、普通の人間では超えることは困難だろう。

「それにしても、トノさんって何者なんですか？　まったく疲れた様子なく、軽々とついてくるんですけど。ていうよりも、さっきから普通に魔物狩ってますよね」

ミナの視線の先にいる白猫。

ソフィアとミナが疲労困憊《こんぱい》するなか、涼しい表情で魔物を狩り続ける。ゴブリンやオークといった理性なき魔物……シュナイダー曰く、ゴブリン族にとって理性のないゴブリンとは、人間にとって猿と同じような感覚らしく、別種族のように考えているそうだ。

とはいえ、ソフィアから見れば同じゴブリンにしか見えないため、トノが仕留めたゴブリンたちを見ると、罪悪感でいっぱいだ。

「まぁ、フェルちゃんの飼い猫ですし」

ミナの問いにはそうとしか言えない。

それから歩くことしばらくして、ミナが唐突に声を上げた。

「あっ、村が見えます！　きっと、ダージリン領についたんですよ！」

ミナの言う通り、ソフィアも遠めにだが村の姿が目に入った。

まだ距離はあるが、それでも目的地が見えたことで、先ほどまで感じていた疲労も少しは楽になった。

山道を下ると、あとは先ほど確認した方角にまっすぐ進むだけ。

「もうあと少しですね。このまま森をまっすぐ南に抜ければ……『にゃっ！』……トノっ⁉」

ソフィアが話している途中、突然トノがソフィアを突き飛ばした。

その場に尻もちをつくソフィアだったが、先ほどまで自分がいた場所に矢が飛んできた。それに気づいたミナはすぐさまソフィアに駆け寄ると……。

「お姉さん、大丈夫ですか！」

ミナの心配そうな声が響く。

だが、ソフィアはそれどころではなかった。なぜなら……。

「お久しぶりですね、ソフィア様」

矢が飛んできた先。

そこにいたのは、まるで岩石とフォレストベアーを組み合わせたような異形の魔物とそれを従えるフードの男が立っていたからだ。

記憶にある姿とは全く別人のよう。

しかし、ソフィアはすぐにその人物がだれなのか分かってしまった。呆然とする中、ソフィアはその人物の名を呼ぶ。

「ディック」

名前を呼ばれたディックは、フードを取り払い顔を出す。

そして、表情を歪めながら懐かしい声を響かせた。

「良かった、まだ覚えていてくださったのですね。覚えていなければどうしようかと思いました。私は、ソフィア様のことを一度たりとも忘れたことはなかった……からな！」

「お姉さんっ！」

とっさに動いたのはミナだった。

魔族特有の鋭い五感でディックの動きを察知したのだろう。突然隣に現れたディックの凶刃から守るように、護身用に持っていた杖を振る。

動きは素人だが、高い身体能力で振るわれた杖だ。ディックは手に持っていたナイフでガードするも、わずかに後退する。

『ちっ、合成獣《キメラ》の肉は不味いんだよ！』

トノが悪態を吐いたような気がしたが、きっと気のせいだろう。

ディックを無視して、危険だと判断した合成獣《キメラ》との交戦を始める。猫とはいったい……。そんな感想を覚えるが、そんなことを考えている場合ではなかった。

「ディックが二人……」

最初に会話をしていたディック。

そして、ソフィアたちの近くには殺意をあらわにナイフを構えたディックがいた。だが、それだけではない。

「お姉さん、避けて！」

立ち上がったソフィアは、ミナの一言に反射的に後ろに下がる。

すると、先ほどと別の方角から矢が飛んできた。そちらの方にチラリと視線を向けると……。

「なぜ、三人も……」

訳が分からなかった。

ディックが三つ子であるとは考えられない。困惑をあらわにすると、最初に攻撃をしてきたディックが、笑い声をあげてトリプルリングを取り出した。

「すごいだろう。禁忌魔道具『ドッペルゲンガー』、これによって俺は自由に増えることもできるし、それ以外にも身体能力を底上げしてくれる」

「こんな感じになぁ！」

「きゃっ！」

ナイフを持ったディックがミナに襲い掛かる。

先ほどは、ミナの方が力が勝っていたが、今はその逆。魔族であるミナが、杖を取り落とし無様に地面を転がっていく。

「ミナちゃんっ！」

転がっていくミナをキャッチしたが、転がっている際頭を打ったのだろう。

息はあるが、気を失っているようだ。生きていることに安堵したのもつかの間、絶好の隙を見逃すはずもない。

ソフィアの背後、そこに現れた四人目のディックが持つナイフ。体感時間がゆっくりとなったソフィアは、そのナイフを見て背筋を凍らせた。

（にん、ぎょう……）

黒いオーラが迸《ほとばし》るナイフに見えた人形の影。

いや、人形を超えたさらにその先……形の良い唇が三日月のようにゆがんだ光景を錯覚してしまう。

何かは分からない。

だが、このナイフに貫かれれば、自分が自分ではなくなってしまう予感がソフィアにはあった。

しかし、避けることはできない。

ミナをかばうように覆いかぶさると、襲ってくるであろう痛みに耐えるようにこぶしを強く握った。

——キンッ。

しかし、痛みは襲ってこず、代わりに甲高い音が響き渡る。

恐る恐る目を開いて、後ろを見るとそこには……。

「まったく、急いで正解だったな」

安堵した様子のシルヴィアの姿があった。

右手に持つ刀剣が、ディックの持つナイフを切断し、そして反対の左手に持つ銃から放たれた銃弾が四人目のディックの脳天を貫く。

「シルヴィア、どうしてここに?」

突然の出来事に困惑するソフィアであったが、シルヴィアはディックに視線を向けたままソフィアに答えた。

「詳しい話はあとだ。あのデブ猫が負けることはないだろう。なら、私の相手は……」

そう言って、最初に会話をしていたディックへと銃口を向ける。

一方で、ディックは突如現れたシルヴィアを忌々しそうに見ていた。

「銀狼姫」

「えっ」

ディックからつぶやかれた一言に、ソフィアはより一層困惑する。

シルヴィアが現れたことなど、この際どうだっていい。だが、ディックがシルヴィアについて知っていることが異常だった。

銀狼姫という呼び名は、魔国でしか知られていないはずだ。アッサム王国にいたはずのディックが知るはずもない。そんな思いがあった。

「その魔道具、貴様どこで手に入れた？　……甘い！」

ディックの目的は、ソフィア一人。

シルヴィアの問いかけの間に、遠距離にいたディックが矢を射ってきた。しかし、それはシルヴィアに阻まれ、逆に銃で狙撃される。

そして、流れるような動きで、接近してきた二人目のディックを反対側の剣で跳ね飛ばす。まるで演舞をしているような流麗さに、バイオレンスな光景でありながらも、ソフィアは見とれてしまう。

「っ」

流れるように三人の自分を瞬殺されたことで、余裕のない表情を浮かべるディック。

トノの方に視線を向ければ、そちらはすでに勝負がついた模様。熊の巨体に、無数の小さなへこみができており、ピクリとも動かない。

推定五百ワイバーンの合成獣《キメラ》を倒したというのに、トノはまだまだ余力を残しているようだ。

（本当に猫なんですよね）

余裕ができたからか、そう思わずにはいられなかった。

ディックも形成が不利だと悟ったのか、ソフィアにさっきの宿った瞳をぎらつかせて……。

「次は必ず殺す」

そう言い残して、自身の胸にナイフを突き立てる。

「っ！　ディック！」

突然の自殺に、ソフィアは慌てて駆け寄ろうとするが、それをシルヴィアに留められる。

「あれは、ドッペルゲンガーによって作られた並列存在だ。自分の命を捨て駒にするなど、理にかなった使い方だが、狂っているとしか言いようがないな」


ソフィアがシルヴィアと合流した頃、エリックたちに捕らえられたフローラたちの姿は、ベンガルから少し離れた位置にある廃村にあった。

その中の比較的まともな家屋に押し込められたアレンは、部屋の片隅でぼんやりと室内を眺める。

（なんの変哲もないただの部屋か。鉄格子もなければ、拘束さえしない……なめられたものだと憤りたいが、やつらからすればこれで十分ということなのだろうな）

捕らえると言っておきながらも、牢屋に入れられるわけでも、拘束されるわけでもない。屋内を監視する目さえない状況だ。逃げ出そうと思えば、いくらでも逃げ出すことができるだろう。

しかし、それをする気がアレンにはなかった。

「屈辱ですね」

　すると、不意に窓から外を眺めていたフローラが、淡々とした声でつぶやいた。

「まったくだ。俺たちのことを護衛がいなければ何もでき……」

「まさか帝国の猿と一緒の部屋なんて、これを屈辱と言わずして何というのでしょうか」

「この状況でそれか!?　この腹黒聖女！　もっと屈辱に思うことがあるだろう！」

「こんなあばら家に押し込められるよりも、あなたと一緒の方がよほど屈辱的ですが何か？」

「喧嘩売ってるのか！」

　アレンは、勢いよく立ち上がる。

　しかし、これはいつものことだ。アレンは重いため息とともに、喉まで出かけた言葉をぐっと呑みこむ。

「こんなどうでもいい会話をしても仕方がない。建設的な話をしよう」

「あら、私と貴方でいったい何の話をする必要があるのですか？　とてもあるとは思えませんが」

　取り付く島もないとはまさにこのこと。

　ソフィアのこと以外では、二人の関係などこんなものだ。アレンとて、フローラと会話したいとは思わないのだが、現状を打破するには彼女の協力が必要だ。

　そう自分に言い聞かせて、話のとっかかりを作ろうと思考を巡らせていると……。

「まぁいいでしょう。どうやら、私もあなたの協力が必要みたいですし」

「どういう風の吹き回しだ？」

「三十四通り、ここから出る方法を考えました」

「っ……そうか。お前が言うのであれば、それは無事にベンガルへたどり着く方法ということだな」

「当然です」

その時のフローラの表情は、こんな不確定な状況であるにもかかわらず、確定されていた事実を告げているようだった。

(聖女は未来が見える、か……。帝国ではひどいフィクションだと言う輩も多いが……こと、こいつに限ってはあながち間違いではないのだろうな。着地点を考えて布石を打つのは、こいつの十八番だからな)

敵としては、酷くやりにくい相手だ。

物事において大きなアドバンテージを許していると同義である。もっとも、アレンとて未来を見通されたくらいで勝負を諦めるような凡人ではないのだが。

現状において、フローラは味方だ。

嫌いな相手ではあるが、そのことを頼もしく思っていると……。

「と言いたいところですが、今回ばかりは分かりません」

「どういうことだ?」

アレンが尋ねると、フローラが忌々しそうに目を細める。

「私は、あそこで襲撃がある可能性を知っていました。未来の可能性を知ることは、訪れる未来を変える可能性がある。問題ない相手と判断したため、あえて伝えることはしませんでした」

「あの場に、エリック＝ダージリンやディックが現れることを知らなかったのか」

「……」

認めたくはないのだろう。

しかし、結果から見ると、フローラは二人の襲撃を予想できなかった。そして、あの異形の魔物についてもフローラの知る可能性の中にはなかったのだろう。

「なるほどな。つまり、お前が想定した未来は確実なものではないということか。使えないな」

「脱出の方法一つ、考えついていないあなたに言われたくありません」

「それについては遺憾だが認めよう。それで、お前は俺にどんな協力を求めているのだ」

現状、フローラに指揮権をゆだねた方が確実だ。

皇子としてのプライドがあるが、それでもエリックやディックの思い通りになるよりはまだましだ。

「一番の問題は、あの異形の魔物ですね。あの魔物について、あなたは何か知っていますか？」

そう言って、フローラは窓の外に視線を向ける。

異形の魔物。その存在があるからこそ、アレンは脱出の手をこまねていた。

「いや、初めて見た。ワイバーンのようにも見えるが、昆虫の魔物の特徴を持っているぞ。見たところ、外殻はワイバーンの鱗よりも数段は硬い。それでいて、ワイバーン以上の機動力があるというのだから……手に負えないな」

アレンは、そう分析した。

「有効的な攻撃手段はありそうですか？」

「……現状の手札ではまず無理だ。弱点である目や関節でさえも、傷を与えられるか微妙なところだろう」

「やはりですか」

アレンの分析を聞いて、フローラは神妙に頷く。

「それで、お前の未来ではあれをどうするつもりなんだ？」

「戦闘は避けます。一番良い手段は、目を盗んで逃げだすこと。しかし、十中八九見つかってしまい、再びここへ逆戻りです。なので、最初にとる行動は、どの手段も共通しています」

「護衛の解放か」

「その通りです。そして、兄と護衛騎士をすてご……コホン！　献身によって、私が逃げ出す時間稼ぎにはなります」

「おいっ、ちょっと待て！　お前今自分の兄を捨て駒とか言いかけなかったか！　それと、私たちではなくて私になっているぞ！　俺はどうなっているんだ！」

「……安心してください。手足はかろうじてついていますから」

「どこに安心する要素があるんだ⁉　お前の部下たちが今のを聞いたら、本気で泣くぞ！」

「私がソフィアちゃんに早く会えます。そのための犠牲であれば、兄たちも本望でしょう」

何を言っているのだと本気で不思議に思っている様子のフローラ。その態度に、アレンは頬を引きつらせてしまう。

「うわぁ……」

とその時だった。

ここに第三者の声が響き渡ったのは。

「「……っ」」

それにすぐに気が付いた二人は、とっさに身構える。

小屋の扉には、いつの間にか道化師の仮面をつけた人物が立っているではないか。

「お前は誰だ？」

アレンが気丈にも誰何する。

本能が訴えかけてくる。目の前に立つ人物は相当やばいのだと。先ほどから、分析しているが、目の前の人物について得られる情報が全くない。

これは異常なことだ。

そして、フローラもまた同様だろう。

未来を知る彼女が、目の前の人物の登場を知らなかった。つまり、アレンとフローラの異能が一切通用しない相手ということになる。

「お初にお目にかかります。帝国第三皇子アレン＝フェノール殿下、神聖王国聖女フローラ＝レチノール様。私の名前は、ヘクセ。しがない商人でございます」

そんな自己紹介をした仮面の人物、ヘクセにアレンは警戒しつつも厳しい言葉を浴びせる。

「そんな胡散臭い名乗りを行うなど、よほど作法を知らないと見えるな。ただ名乗ればいいというものではない」

「ふふっ、それはご無礼を。私は高貴な出ではございませんので。無作法についてはご了承ください」

とてもではないが、ヘクセの態度は皇子や聖女に対するものではない。

本人はこの状況を楽しんでいるようで、丁寧な言葉遣いとは裏腹に随分と飄々とした性格をしているそうだ。

アレンは、鋭い視線をヘクセに向ける。

商人と名乗ったが、この場にいるということはエリックたちの仲間であることに違いないからだ。

探りを入れようと口を開きかけると……。

「ヘクセ……。まさか、あなたあのヘクセ商会の人間なの？」

珍しく驚愕をにじませた声色で尋ねるフローラ。

アレンもまた、その言葉に思わず息をのんだ。

（ヘクセ商会だと……。実態が一切分からない、謎に包まれた商会。こいつは、そこに所属しているというのか）

ヘクセ商会については、アレンも知っている。

知ってはいるが、詳細については一切知らない。しかし、帝国でもしばしばヘクセ商会がかかわったと見られる事件が起こっている。

それゆえに、存在しているのかは半信半疑だった。看板だけのゴースト商会と考えている者も多い。

「一発でバレてしまいましたか。ええ、その通りです。私はヘクセ商会の会頭をさせていただいています」

おちょくったような態度で、認めるヘクセ。

「随分とあっさり認めるのですね。今まで会頭どころか、存在すら明らかにならなかったというのに」

あまりにもあっさりと認めるため、フローラは怪訝な視線を向ける。

「ふふっ。信じるも信じないもあなた次第です。尤も、私自身隠していたつもりは一切ないので、今まで見つからなかったことが不思議なくらいです」

明らかな挑発。

しかし、二人は何の反応を示さない。

(確かに、帝国の諜報能力が不十分だったが、この人物に限ってはそこが全く見えない。くそっ、知らない方が幸せだったな)

そう内心で悪態を吐く。

「それで、一介の商人が私たちを誘拐してどうするつもりなのですか？」

このままでは埒《らち》が明かないと、フローラが話を切り出した。

「誤解のないように言っておきますと、あくまで私は彼らの協力者です。あなた方を誘拐したのは、彼らの意思であり、私の意志ではないのですよ」

「彼らというのは、あの二人のことですよね。あなたは、彼らの目的を知っているのですか？」

「ええ」

フローラの問いかけに、ヘクセは短く答える。

そして、一瞬の間があくと……。

「ソフィア＝アールグレイの殺害ですよ」

「「っ！」」

ヘクセの言葉に、アレンは視界が真っ赤になるのを感じる。

いったい今何を言った。何度もヘクセの言葉を反芻すると、思考を整理して尋ねた。

「……ソフィアを暗殺して、お前は何を得る」

「ふふっ、良いですね。怒り狂っているのに、それを押し殺して冷静に努めようとする姿。残念なことにそれができる人間は本当に少ない」

「答えろ！」

ヘクセの言動にいら立ったアレンは、声を荒げる。

仮面で表情は分からない。しかし、聞こえてくる声は喜悦が混じっていた。そして、一呼吸をおくと……。

「何も」

「何もだと。では、なぜおまえはやつらに加担している」

短く答える。

「我が主の御心のままに。というのは、少々気障《きざ》ですね。あえて言うならば、好きなんですよ相反する感情が入り乱れる混沌としたものが」

仮面で表情は分からない。

しかし、アレンにはヘクセが妖艶に笑ったのだと不思議と分かった。そして、先ほどまで静観していたフローラが口を開いた。

「あなたは狂っていますね」

「狂っている、狂っているですか……。確かにその通りかもしれません。しかし、この世界には私よりもゆがんだ感情を持つ人がいるんですよ。そういう貴方もそうでしょう?」

そう言って、ヘクセはフローラに視線を向けた。

(いくら何でも、そこまで歪んではいないだろう)

反射的にアレンは、そう思った。

しかし、その考えはすぐに棄却しなければならない。

「確かにそうかもしれませんね。私もソフィアちゃんと二人きりになりたいですし。それ以外の人間であれば、いなくなろうが知ったことではありません」

「誰だ!? こいつを聖女にしたのは!」

アレンは、フローラのあまりにもあまりな言い分に、思わず叫んでしまった。

「ふふっ、あははは!　あなたは本当に最高ですね!　そっちの彼も常識人を気取っていますが、根はゆがんでいるみたいですし」

ヘクセは、二人の会話が面白かったのか、先ほどまでの含み笑いとは違って、心の底から笑い声をあげる。

「こんなに笑ったのは久しぶりっすね。いやぁ、愉快愉快」

先ほどの丁寧な口調とは打って変わって、癖のある言葉遣いになったヘクセ。おそらく、こちらが、ヘクセの素なのだろう。

「どうっすか？　ソフィア＝アールグレイの命は守ってあげるっすから、お二人とも私たちの仲間にならないいっすか？」

「「っ」」

ヘクセの異常性や、外に配置されている異形の魔物。

ソフィアの命を狙われたら、十中八九命を落とすことになるだろう。それゆえに、ヘクセの提案は魅力的だった。

（ソフィアの命の保障か。だが、ヘクセ商会の活動が帝国の害になる可能性も……いいや、そんなことどうだって良い。ソフィアが生きていることに意味がある。ふっ、だがな……）

（ソフィアちゃんの安全ですか。彼らの活動については一厘も興味はありませんが、その一点だけを考えれば魅力的なんですよね。ふふっ、とはいえ……）

「どうっすか？」

ヘクセは、再度二人に尋ねる。

「「断る（ります）」」

二人は声をそろえて、ヘクセの提案を棄却した。先ほどまで余裕な態度をとっていたヘクセも意外だったのか、驚愕に目を丸くする。

「意外っすね。後悔はしないいっすか？」

「くどいですね。ソフィアちゃんなら、きっと無事に決まっています。それに、ソフィアちゃんが

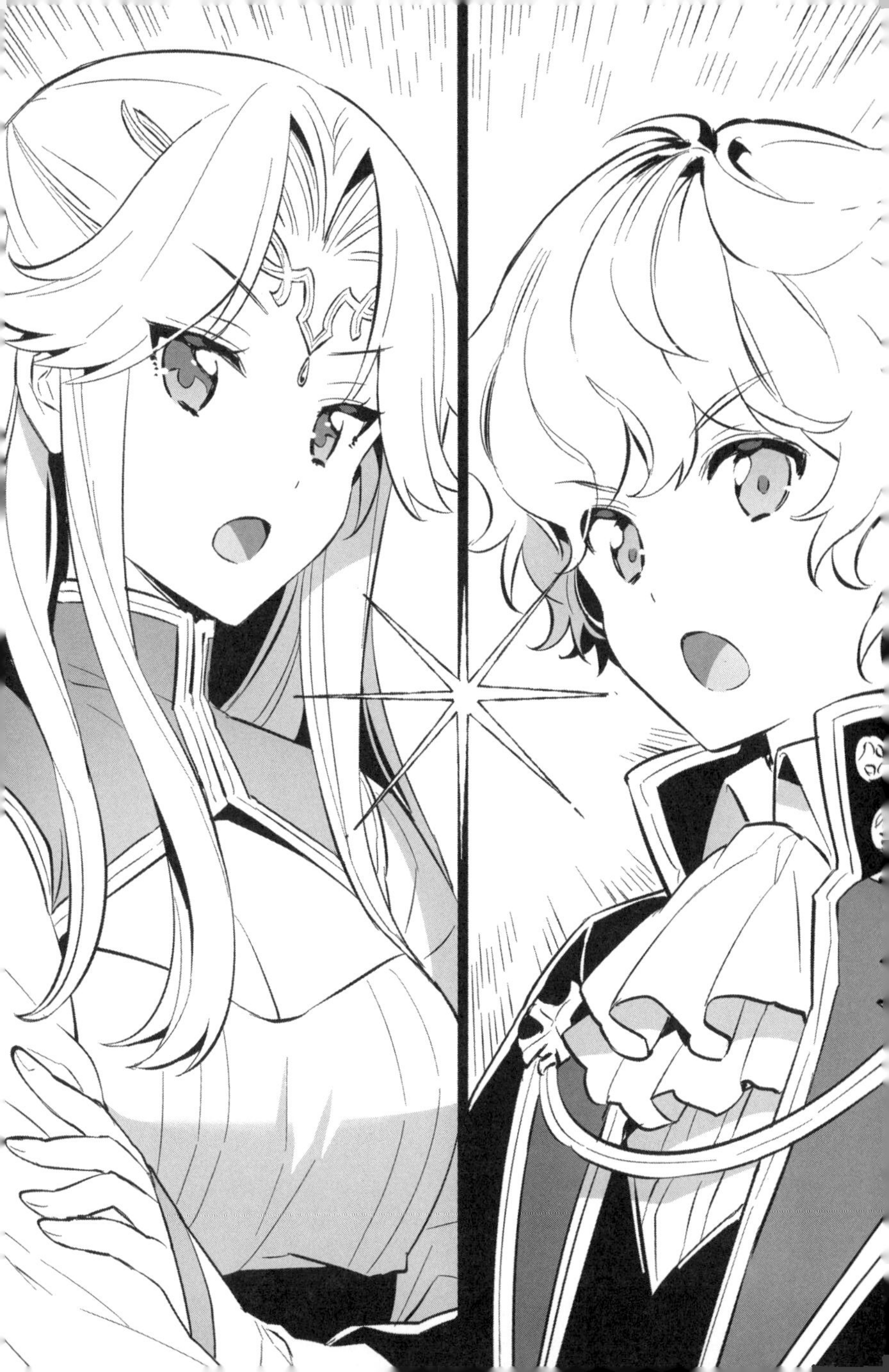

自分のために私が悪事に手を染めたと知れば、きっと悲しむに違いありませんから」

「遺憾だが、聖女の言う通りだ。ソフィアなら、どんな状況でもなぜか無事だ。だったら、無用な心配をするよりも、ソフィアを悲しませない選択をする」

アレンとフローラの言葉に、ヘクセは一度押し黙る。

そして、しばしの間をあけると……。

「やっぱり、あなたたちもしっかりと狂っているではないですか。二人がソフィア＝アールグレイの生存を断言するのであれば、私も一つ断言させていただきます」

そう言って一拍をおく……。

――あなたたちは、進んで私たちに協力しますよ。

その言葉を最後に、ヘクセの姿は霞のように消えていった。


一方で、別の小屋にはマルクス、ジョージ、オーギュストの三人が押し込められていた。アレンたちがとらわれた部屋同様にあばら家と評してもおかしくない粗末な小屋。所属の違う三人は拘束こそされていないが、無言を貫いていた。

（フローラ、早まってくれるなよ）

その中で、一人オーギュストは別にとらわれているフローラのことを心配していた。

尤も、その心配はフローラの身の安全というわけではなく……。

(私たちを犠牲に一人ベンガルへ向かう選択をしそうなんだよな)

フローラとはもう十五年の付き合いだ。

彼女の思考回路など、オーギュストには容易に想像できた。いや、できてしまった。

(フローラが行動をするよりも先に、こちらが動けば……。いや、その場合最悪フローラまでも犠牲になってしまうか)

行動するべきか、いなか。一人葛藤を抱えていた。

「おいっ。お前たち、あの魔物を倒すことはできるか?」

沈黙を破ったのは、マルクスだった。

窓の外に見える異形の魔物のことを言っているのだとすぐに分かった。オーギュストとジョージは、一度互いに視線を合わせると首を横に振る。

「まず不可能だ。ただのワイバーンであればいくらでもやりようはあるが、あれは別物だな。フローラが潔く引いたということは、勝てる可能性がなかったのだろう」

「あの硬い装甲を破るだけの火力が足りない。アレン様の様子を見るに、目や関節など軟らかい部位を狙っても、用意した武器ではおそらく無意味だろうな」

「なるほどな」

オーギュストとジョージの意見に、マルクスは神妙に頷く。

彼とて、あの魔物が普通でないことは分かっているはずだ。それゆえに、二人の返答は予想通りだったのだろう。

「それはそうと、貴方は包囲網の中に入っていなかったと記憶している。どうして捕まったのだ？」

「あの悪名高いヘクセ商会の会頭殿に捕まった」

「ヘクセ商会、まさかあの……」

「本人はそう言っていた。なんとも胡散臭いやつだったな。ソフィア様の身の安全を保障する代わりに、仲間になれと誘われた……まぁ、断ったがな」

「「っ」」

マルクスの言葉に、二人は息をのむ。

なんてことをしてくれたのだと、憤りたい気持ちがあった。オーギュストは、フローラのソフィア愛を知っているため余計にだ。

仮にソフィアがあの異形の魔物に襲われでもしたら。そう考えると、嫌な汗が噴き出してくる。

「案ずるな。我が女神がこの程度の困難乗り越えられないわけがないだろう」

そう言って、祈りを捧げるポーズをとるマルクス。

フローラと違って、一般的な感性しか持たないオーギュストはシアニン自治領の大物の姿に表情を引きつらせるのであった。

と、その時だった。

「まったく、うまくいかないものね」

「「「っ」」」

突然の少女の声。

先ほどまで、この部屋には三人しかいなかった。どこから入ってきたのか。そんな疑問よりも先に……。

「お前は誰だ？」

オーギュストの誰何の声が飛ぶ。

黒髪に朽ち葉色の瞳、その瞳には何の感情も宿っておらず、自分たちを見る目はまるで無価値なお人形を見るようだった。

「お前はっ」

マルクスは反射的に立ち上がる。

その様子から、目の前の少女のことを知っているのだと理解できた。しかし、そんなオーギュストたちの反応を気にも留めず……。

「【人心編纂】」

オーギュストたちの視界は暗転するのであった。

ベンガルへ向けて

シルヴィアに助けられたソフィアたちは、無事にダージリン領へとたどり着き、待機していたゴドウィンを筆頭とした数名の調査隊と合流した。

正直な所、ゴドウィンたちはソフィアの生存が絶望的だと考えていたようだ。

まるで幽霊でも見たかのような顔をするゴドウィンたちに苦笑しつつも、事前に渡されていた連絡用の魔道具を借り、最寄りの町へ向かって歩きながらもアルフォンスたちに無事を伝えた。

「……いくら何でもしつこかったぞ」

魔道具を仕舞うと、シルヴィアは辟易した様子でため息を吐く。

それもそのはずだろう。離れていた場所で会話をしていたソフィアたちにまで、魔道具越しにフェルの話し声が聞こえてきた。

かれこれ一時間近くも……。

あまりの話の長さにゴドウィンたちは辟易してしまい、ソフィアたちを置いてミナを連れて手続きをしに向かった。

二人だけとなったソフィアは苦笑を浮かべて、労うようにシルヴィアに紅茶を渡す。

「それだけ、フェルちゃんに愛されている証拠ですよ。やはり、心配だったのでしょう」

図星を突かれ、シルヴィアは嫌そうな表情を浮かべたのかと思いきや……。

「あいつに好かれても嬉しくないいな」

ばっさりと切り捨てた。

「あ、あれ……」

流石のソフィアもこの反応には意外感が強かった。

何だかんだと言っても、シルヴィアはフェルを妹のように思っているのは間違いない。厳しい言葉を掛けるが、シルヴィアの愛情の証だろう。

尤も、近しい関係にある者以外には迷惑をかけていないものの、世間一般の観点からしても叱られてもおかしくないことをフェルは常日頃から行っているのだが。

がくりと崩した体勢を戻すと、頬をポリポリと掻いて尋ね返す。

「少しも、ですか？」

「少しもだ」

「これっぽっちも？」

「欠片もないな。それにそもそも、あいつに好かれてメリットがあるようには思えない。かれこれ七年近い付き合いになるが、最初こそ……まぁそれは置いておくとして。基本的に意思のある災害だ。なまじ個の力を越えているからこそ、周囲へ与える影響が大きい」

と言って、「好かれれば好かれるほど、被害は大きくなるぞ」と真剣な表情で忠告してきた。

「今さらなのですが、やはりフェルちゃんの固有スキルが関係しているのですか？」

思い当たる点は幾つもある。

その中でも、初めて出会った時の光景。無数に咲き誇るエーデルワイスの花畑が、ソフィアの脳裏によぎった。

エーデルワイスは、標高の高い山脈などに咲く高山植物だ。

まれに低い場所でも条件次第では咲くことがあるそうだが、無数に咲くことはあり得ない。幻覚の一種とも思ったが、あの場所はエーデルワイスが咲く条件が整った環境へと変化していたのだ。

そして、二日前の光景。

普段のフェルであればどうでもいいことにしか使わない。しかし、いざ戦闘で使うとなると、あれだけ規格外の力なのかと思い知らされてしまう。もはや、フェルが本気になれば天変地異などたやすく起こせるのだと思い知らされた。

シルヴィアは、一瞬考え込むような表情をした後、おもむろに口を開いた。

「スキルに関する詮索はご法度だが、一般で知られていることなら教えても構わないだろう。フェルの固有スキルは【編纂】であり、ありとあらゆるものを自分の好きなように書き換えることが出来るのだ。だからこそ、『世界に愛されし者』や『傲慢な堕天使』とも呼ばれて、陛下以上に恐れられている」

「世界を、書き換える……」

途方もない話だ。

固有スキルは強力だと聞いている。実際、ソフィアの固有スキルも料理人にとっては比類なき強き力だろう。

だが、フェルのものと比べれば、文字通り規模が違う。

「大きすぎる力は本人の意図とは関係なく、周囲に影響を与える。幼い頃の話を少しは聞いているだろうが、あいつはまるで血の宿らない人形のようだった。自分という個人を殺してたな」

「あっ……」

ソフィアも、以前フェルから話を聞いたことがある。

同じような過去を持っているからこそ、互いに通じ合うものがあると仲良くなれた。だが、フェルの抱える闇はソフィアよりも途方もなく巨大なもののようだ。

ソフィアが言葉を失っていると、シルヴィアの表情は愁《うれ》いを帯びていた。

(ああ、だからシルヴィアは……)

その表情を見て、ソフィアは納得する。

そして、同時にシルヴィアの態度が可愛らしくて自然と笑みがこぼれる。

「シルヴィアは、フェルちゃんのことが大好きなんですね」

「は？」

何故その結論になるのか分からず、呆けた声を上げるシルヴィア。

そんな姿も愛らしくて、ソフィアはほっこりとした気分になってしまう。

「いやぁ、シルヴィアは口では否定していますけど、フェルちゃんのお姉ちゃんなんだと思いまして」

「っ、そんな訳ないだろう！」

顔を真っ赤にするシルヴィア。

今度こそ図星を突かれたのだろう。「お姉ちゃん」と呼ばれることを嫌っていたが、実は誰よりもお姉ちゃんだったのだと思うと、ニヤニヤとしてしまう。

「ええい、その表情を止めろ！　普段よりも倍以上、間抜けに見えるぞ！」

「えっ、それって私が普段から間抜けな表情を浮かべているみたいじゃないですか⁉」

「なんだ、自覚がなかったのか？　だいたい、お前は……」

互いに一進一退の攻防。

ロレッタの翻訳魔法も解けているため、二人は魔国語で会話をしている。

だが、戻ってきたゴドウィンたちも二人が楽しそうに？　会話をしているからだろう。ほっこりとした表情をして生暖かい視線を時折向けてくるのだった。


空が茜色に染まる時刻。

ソフィアたちは、ようやくベンガルから最寄りの町であるテアンに到着した。ちなみに、ミナは同行していない。ディックの襲撃がこれからまた起こるかもしれないため、同行は危険だと判断したからだ。

ゴドウィンに案内されたのは、貴族御用達と言う訳ではないが、大商人レベルの富豪が利用する高級宿だ。

部屋に案内されると、流石は貴族ではないが平民の中でも最上級のヒエラルキーに位置する者たちが利用する宿だ。非常に豪華な作りとなっている。

決して安くはない美術品の数々。

職人の手で丁寧に作られた家具は、質素でありながらもデザイン一つとってもおしゃれだった。

テーブルに置かれたのは、ウエルカムクッキー。

そして、テアン・ダージリンと呼ばれるダージリン領において、貴族でも一部の者しか飲むことができないロイヤル・ダージリンを除けば最高級に位置する茶葉が備え付けられている。

まさに至れり尽くせり。

ただ、シルヴィアとソフィアが一番に目をつけたのが、人を堕落させてしまいそうなふかふかなベッド。

朝、人に惰眠を貪らせる魔が住む場所だ。

たった数日。

マジックテントがなく、この夏空のもと野宿を繰り返してきたソフィアにとって何よりも欲した物だった。

悪魔のような何かが、「こっちへおいで」と誘ってくるが、自制心をもってその誘惑を振り払い、二人はソファへと腰かけた。

「それにしても、良かったのか？　一応、ここは高級宿なのだろう。予算を考えると……」

「先日のお詫びだそうです。それに、マジックテントのおかげで予定よりも予算が余ったようですので、二人部屋のひとつくらいどうってこともないようです」

ソフィアからしてみれば、変な話であり思わず苦笑してしまう。

それも仕方がない話で、この高級宿よりもゴドウィンたちが使っていた研修所の一部屋の方がよっぽど快適だからだ。

美術品はなく、家具も機械による量産品のみ。

だが、魔道具によって快適な気温で暮らすことができ、過ごしやすさと言う点ではこちらよりも何段も優れている。

ただ、シルヴィアからすればこの部屋の方が高価に感じてしまうのだろう。国が違えば……というよりも、時代の方が適切だろうが、改めて価値観が違うところを見ると面白くなってしまう。

慣れた手つきで紅茶を淹れると、シルヴィアの前にティーカップを置く。

「それで、先ほどの話ですけど……」

「精神操作系の話か」

先ほどの攻防の後、シルヴィアが気になる話をしていた。

例の精神操作の話だ。フェルの話で気になることがあったようで、聞きそびれてしまいいい機会だと話を聞く。

「いや、あの魔法の正体が分かったわけではない。ただ、何となくフェルのスキルに似ているような気がしただけだ」

「フェルちゃんの、ですか？」

フェルの性格上、人を操るようなことをしないはず。

だが、昼間に聞いた固有スキルであれば、確かに人を操ることくらい簡単そうだ。そんな風に考えていたソフィアの思考を読んだのか、シルヴィアは緩く首を振った。

「初めに言っておくが、フェルは人に干渉できないぞ。あくまで自然や因果と言った世界そのものに対してのみ発揮する」

「それでも凄い力ですよね」

「ああ、それは否定しない。あんな性格でなければな……」

過去を振り返ってか、疲れたようにため息を吐く。

「それで、だ。もしかしたら、似たような力なのかもしれない。いうなれば、フェルの力が世界に対してなら、黒幕の力は人に対してだと」

「それは……」

「あとは、フェルの態度だ。あいつも確信を持っているわけではないが、普段では考えられないくらいに毛嫌いしていたからな。とはいえ、これはあくまでも推論だ。思い過ごしの可能性が高い」

人の心を編纂する能力。

世界を編纂する能力。

以前、シルヴィアがソフィアの固有スキルは確立していないと語った。今ならば、その理由がよい、い、い、く分かる。

その時、シルヴィアは同じ固有スキルでも発現する能力は変わってくると言っていた。

もし、シルヴィアの仮説が正しければ？

二つのスキルはまさに姉妹のような関係にあるだろう。元は同じ力であっても、宿主によってその能力は変革した。

「スキルについて詳しくないのですが、同時期に同じような固有スキルを持つ例はあるのですか？」

「一度だけある。ただ、その人物は双子だったそうだ。フェルが双子と言う話は聞いたことがないが、固有スキルは近親であれば発現しやすいそうだ。ただ、王族にはフェル以外に固有スキルを持つ者はいなかったはずだ」

確率で言えば、天文学的な数字になるのは間違いない。

だが、同じ固有スキルを得る可能性はゼロではないといったところだ。現状では確証を得られるはずもなく、ただ悩み続けることしかできないだろう。

「それよりも、お前の方はどうなんだ？」

「私ですか？」

「……まさか、忘れているのか？　元従者のことだ」

「あっ⁉」

完全に忘れていたようだ。

シルヴィアは、そんなソフィアを見て頭を抱えている。

「あっ、ではない。お前が一番気にしなければならないことだろうが……」

「そ、そうなんですけど……。こちらに比べると、それほど大ごとのように思えなくて。それに、ディックは無計画で行動することが多いですから。根回しもしたことがないでしょうし、それに感情で動くことが多いですから」

「散々な評価だな。まぁ、護衛として……」

シルヴィアは言葉を言いかけて詰まる。

「どうかしましたか？」

「いや、私の言えた義理ではないなと思っただけだ。結局、護衛としてついてきたと言うのに、格下だと慢心してお前を簡単に拉致られたからな」

――それについて、気にしなくても良いですよ。

そう伝えようとしたが、シルヴィアはきっと喜ばないはずだ。

確かに、シルヴィアは襲撃者よりも強い。まとめて相手しても、危なげなく勝利を掴むことができるだろう。

その思い込みが慢心に繋がった。

だが、ソフィアからすれば仕方がないと思う。魔国では禁忌とされている合成獣《キメラ》の使役など誰が考えるだろうか。多勢に無勢ということもあり、シルヴィア一人では無理が出ても仕方がない。

心技体。今年十六になったばかりのシルヴィアは「銀狼姫」と呼ばれるほど技と体は持っているはずだ。

だが、心はどうだろうか。人は、それを痛感している様子だ。

「ですが、シルヴィアは助けてくれましたよ」

ソフィアが思い出すのは、合成獣《キメラ》から傷を負いながらもかばってくれた光景。その光景を見て、誰が護衛失格だと思うだろうか。

それに、シルヴィアはアルフォンスたちの反対を押し切って、ソフィアの捜索を続けてくれた。

それだけでも、ソフィアは救われる思いだったのだ。

「え？」

「良いじゃないですか、これから学んでいけば。それに、ディックが私を助けてくれたことはありませんから。あれ、そもそも護衛として一緒についてきてくれた記憶が……」

ソフィアは首を傾げる。

記憶を遡っても、外交に際しついてきてくれた記憶がなかなか思い出せないのだ。「そんなはずは……」と首を振って、さらに古い記憶を探る。

だが……。

「ないのだな」

「……はい」

今さらながら知った驚愕の事実。知りたくもなかった。

護衛って何だろうと考えても、答えが出ることはなかった。すると、シルヴィアが元気を取り戻したのだろう。紅茶を一口啜ると笑みを浮かべて言った。

「自分のことを棚に上げてと思うかもしれないが、そいつは護衛失格だな。というよりも、そもそも護衛ですらない」

「……ですよねぇ」

否定できるはずがなかった。

「それに、何故今頃気づくのだ？　それ以前は、お前は誰に守ってもらっていたのだ？」

「それは、ギルドの草原の狼と呼ばれるパーティーや先ほど襲撃してきたレイブンとかですね。どちらも、マルクスさんの紹介で格安で引き受けてくれるんですよ。後は、時折クルーズさんたちです。言われてみれば、アールグレイから護衛が付いてきたことがありませんし

ソフィアは自分で言って不思議に思ったのだろう。

「不思議ですね」と呟いて首を傾げる。だが、聞いているシルヴィアの方が不思議で仕方がない。

「……何て言えばいいのか、分からないな」

どっと疲れたようにため息を吐く。

何となく内心が見えてしまったソフィアは、ぎこちなく笑みを浮かべるしかできなかった。

「まぁ、魔道具の件もある。もし、あれがソフィアの前に再び現れたら再起不能になるまで徹底的に痛めつけておくから安心しておくと良い」

「えっと、よろしくお願いします？」

「ああ、任せておけ。私は拷問について詳しくないが、奇天烈教授のもとへ連れていけば、良いモルモ……ゴホン、助手になると喜んで引き受けてくれるだろう」

「今、モルモットって言いませんでしたか!?　というより、最初に拷問と言っている時点でどうなるか分かっているんですけど!?」

「気のせいだ」

シルヴィアは、ソフィアの追求に素知らぬ顔で返答する。

個人的には、そこまでやらなくてもと思うソフィア。当事者であるとは言え、どうしてもそこまで残酷になれない自分がいる。

(もしかしたら、憐れんでいるのかもしれませんね)

久しぶりに見たディックの表情。

一瞬、同一人物か疑うほどの豹変ぶりだ。アールグレイ公爵家の使用人としてしっかりとした衣装を着ていたが、ぼろぼろの服にローブをまとっていた。

それでも元は貴族が着るような服だった。

自分では届かない誰かを想って着ているのだろうか。

ディックの内心を窺うことはできないが、あそこまで憎悪や絶望に染まった目を見れば薄汚れた姿などどうだってよくなってしまう。

「まさか、手を差し出そうなどと考えているのではないな?」

まるで、ソフィアの内心を読んだかのようなシルヴィアの一言に心臓が高鳴る。

驚きはしたが、それも一瞬。ソフィアは、儚げな笑みを浮かべて首を振った。

「それはありません」

「……」

「ただ……。引き返せる位置にいるのであれば、もう一度やり直してほしい。そう思っています」

「そうか」

「まぁ、一発くらいは殴っておきますけどね」

儚げでありながらも凛とした声に、シルヴィアは小さく頷く。

そして、ふっと笑うと言った。

「ふふっ、お前だと頼りないな。殴るのであれば、私が代わろう。最低でも顔の原形を留めない程度に、な」

「それが、最低ですか。実際はどれくらいなのか恐ろしいですね」

シルヴィアの言葉に、ソフィアも笑みを見せる。

実際、ソフィアとしてもそのくらいはしておきたい。尤も、魔道具で強化しても所詮はソフィアだ。あまり威力はなさそうだが。

「それと、ついでに元婚約者の王太子とやらも」

「それは良いですね。ただ、殿下に対してだと不敬罪で捕まってしまいますよ」

「とは言っても、お前はその殿下とやらのことが好きだったんだろう？　なら、一発くらい殴っておいた方が良いのかと思ってな」

「へ？」

思いがけない一言に、ソフィアは首を傾げる。

シルヴィアもまた首を傾げる。お互い、頭上にクエスチョンマークを浮かべて疑問を解消するためシルヴィアが腕を組んで尋ねた。

「ちょっと待て。お前は、その王太子に懸想《けそう》をしていたのではないのか？」

「えっ、殿下にですか？　殿下はただの婚約者であって、懸想をしていた訳ではありません。正直、仕事が遅い方はちょっと……」

「そうだったのか……。って、さらりと恋愛に仕事を絡めるんじゃない！」

恋愛相手に仕事の効率を求めて悪いのか。

心底不思議そうにするソフィアにシルヴィアは頭を抱えた。そして、このままでは本当に仕事と結婚して独身を貫くのではないか。そう思って、シルヴィアは尋ねた。

「お前は仕事を抜きで気になる人物はいないのか?」

ソフィアは尋ねられて一人の人物が脳裏によぎった。

流石にそれはないと首を振ったが、シルヴィアが手ごたえありと更に尋ねてきたため、その人物に対して語り始めた。

「えっと、仕事ができるのは当然ですが、その人は年上なのです。頼りがいがあって、とても包容力のある人です。それにとても恰好が良くて……」

(ほう。もしかして……)

シルヴィアの中で一人の人物がよぎった。

ここ最近では身近な人物だ。互いに男女の関係とは思っていなさそうだったが、意外と良い関係になるのではと思った矢先……。

「ただ、妻帯者なんですよね」

「は?」

シルヴィアの人物像は一瞬で崩れた。そして、慌てた様子でソフィアに尋ねる。

「ちょ、ちょっと待て! お前は一体だれの話をしているのだ!?」

「それは……宰相様です」

恥ずかしそうに頬を紅潮させ、ソフィアは言った。

シルヴィアはあまりの返答に耳を疑い、一拍……。

「は、はぁあああああ！！？」

あまりにも予想外な答えにシルヴィアは絶叫した。

そして、自身が想像した人物について尋ねた。

「お前、アルフォンス殿のことではないのか⁉」

「えっと、何故そこでアルフォンス様の名前が出るのでしょうか？　兄のように思ってはいますが、恋愛対象にはちょっと……」

それに「そもそも忘れていた」と言いかけるが、言葉を飲み込む。

「まぁ、流石にそれは憧れなのだと思います。それよりも、シルヴィアの方こそ気になる相手がいないのですか？」

「むぅ、私か……いない、な」

少し間が空いての返答だ。

だが、どうにも様子がおかしい。これは気になっている人物がいるのではないかと思って、ソフィアは更に尋ねる。

「そんなこと言って、シルヴィアの方こそいるのではないのですか？」

しつこく尋ねると、シルヴィアも嫌々ながらその人物の名前をあげる。

「……い……だ」

「え？」

「だから、陛下だと言っている！　と、当然、懸想ではないぞ。敬愛していると言う意味でだ！　年上だが包容力があって、何よりも強い。父上よりも強い男など、魔王様くらいしかいないだろう」

顔を真っ赤にして言い放つ。

ソフィアの返答並みに可笑しな返答に、ソフィアも呆然としてしまうが、すぐに同類を見つけたように笑みを浮かべて根掘り葉掘り尋ね始める。

そして、シルヴィアとソフィアの初めてのガールズトークは、仕事力と戦闘力のどちらが魅力的なのかという討論へと変わり、互いに疲れ果ててベッドで眠るのだった。


早朝の暖かな日差しが窓から差し込む。

ソフィアは、優しい刺激に目を覚ますと、ぐっと体を伸ばす。スキルの恩恵で眠気がほとんどない体質だが、十分に眠ったためか体が軽かった。

「シルヴィアはまだ寝ていますね」

隣のベッドを覗くと、健やかな寝息を立てるシルヴィアの姿がある。

まだ時刻も早い。ここ数日の野宿と昨夜の夜更かしが原因で疲れていたのかもしれない。

「それにしても、シルヴィアの意外な一面を知れましたね」

昨夜のことを思い出して、ソフィアはふふっと笑う。

考えてみると、年ごろの少女らしい話をシルヴィアとしたことがなかったのを思い出したからだ。

結論から言うと、どちらもその手の話には疎い。

色気よりも食い気のようで、結局はいつも通りの話になってしまったが、それでも新鮮だった。

(フローラちゃんとは、不思議とこのような話をしたことはありませんでしたね)

ふと思う。

カテキン神聖王国の聖女フローラ＝レチノールは、ソフィアと歳が近い。であれば、自然と年ごろの少女らしい話ができていてもおかしくはない。

だが、今までそのような話をしたことはなかった。

むしろ、ソフィア自身の話ばかりをしていたようにも思う。

(どうやら、気を遣わせてしまっていたようですね)

ホストとゲストの関係。

ゲストであったソフィアに気を遣ってくれていたのだろう。年下とは言え、流石は大国の聖女だ。

プライベートな話でも細かな配慮ができると思うと、フローラと自分との格の違いを感じて、軽く落ち込んでしまう。

尤も、フローラにそんな意思はなかっただろうが……。

「……ふぁあ。なんだ、もう朝なのか」

「おはようございます」

ソフィアが着替えていると、シルヴィアが目覚める。

就寝時、シルヴィアは髪を下ろしている。そのため、癖のない美しい銀髪が腰のあたりまで伸びている。

寝起きだと言うのに、寝癖一つついていない。

太らない体質と言い、髪と言い、シルヴィアは同性にとって羨ましい存在だ。

天は二物を与えずという諺《ことわざ》はウソで、自分の寝癖のついた髪を見てソフィアはこの世は残酷だと嘆く。

「どうかしたのか?」

「……いいえ、何でもありません」

シルヴィアに非はないのだが、こればかりは納得がいかない。

ソフィアがそっぽを向くと、シルヴィアはソフィアの態度の原因が分からず首を傾げる。

「何を怒っているのだ? まさか、昨夜デザートをもらったことか? だが、あれはちゃんと許可を貰って……」

原因が分からず、困惑した様子のシルヴィア。

おそらく一生気づくことはないだろう。だが、必死にソフィアが不機嫌な理由を「ああでもない、こうでもない」と悩む姿を見ていると、嫉妬している自分が馬鹿らしくなってくる。

ソフィアは着替え終わると、シルヴィアの方に振り返りクスッと笑う。

「シルヴィアは、シルヴィアですね」

「は？」

ソフィアの笑みに、困惑を通り越して呆然とするシルヴィア。

珍しい表情だ。ソフィアは、上機嫌に笑みを浮かべると、そのまま部屋を後にする。中に残されたシルヴィアはしばらくの間、訳が分からないと答えのない考えに思考を巡らせるのであった。


朝食後。

ゴドウィンたちは昨日の内に馬車の手配を済ませていたようで、早速ベンガルへと向かう。

公爵家が用意した物と比べると幾分か質が落ちる。

だが、並みの商人では用意できない程度には豪華なものだ。

馬車の中には、ソフィアとシルヴィアしか乗っていない。

ゴドウィンは外で周囲の警戒。ただでさえ人が少ない状況だ。ゴドウィン抜きでは、緊急時に対応できないだろう。

そのため、馬車の中にはソフィアとシルヴィアしかいなかった。

「二人だけで使うとなると、いささか広いな」

「ええ、一応八人乗りですから。前に乗っていたものよりは少し狭いので」

「あぁ。それに、フェルが寝転んでいたから余計に狭く感じたのだったな」

「ふふっ、そうでしたね」

馬車の中では四六時中膝の上にあった頭を思い出して、ソフィアは可笑しそうに笑う。

魔族の姫で、強大な力を持つ少女。だが、乗り物酔いで弱り果てた少女を思い出すととてもそうだとは思えなかった。

「……それにしても、二人だとあまり会話が持たないな」

ゆっくりと変わりゆく景色を眺めていると、シルヴィアが声を上げる。

「そう、ですね。ですが、たまにはこうして、のんびりと景色を眺めるのも風情があって良いと思いますけど」

「なんか、私の師匠のようなことを言っているぞ。あれだろう、休日に縁側で日向ぼっこしたくなるのと同じなのだろう？」

「縁側って……東部の住宅にあるのでしたよね。東部と言えば、鹿威《ししおどし》や風鈴というのも風情があって良いですよね。この前、『東部に隠居するならランキング』という本で見たんですよ」

ソフィアは魔国の東部へ行ったことはない。

だが、何故か非常にフィーリングが合うため、一度は行きたいと思っていたのだ。ソフィアの話を聞いて、シルヴィアは呆れたような声を出す。

「お前、まだ十六だろう……隠居するには早すぎる」

「隠居はしませんよ。生涯現役が目標です」

「そ、そうか……。ほどほどに……頑張ってくれ」

意気込むソフィアに、シルヴィアは引いた様子だ。

「ほどほどに」を強調しているが、ソフィアは疑問に思いつつも話を元に戻す。

「それで、その本のタイトルは変でしたが、中身は普通の旅行案内でしたよ。料亭や旅館の紹介ばかりでしたから」

「ああ、それはあれだ。近年、『和』を感じさせる建物が減ってきているらしいからな。東方の住宅を見せてほしいと言うと、料亭や旅館に案内されるんだ」

「実際に住んでいる家を知りたいとしてもですか？」

「その場合、やんわりと断られるらしいぞ」

シルヴィアの言葉に、ソフィアは「不思議ですね」と首を傾げる。

おそらく、その地の住民性なのだろう。東部と言えば、以前マンデリンとは比べ物にならない強者が蠢《うごめ》く人外魔境と聞いた。

スーパーの覇者イザナを思い出して嘘ではないと思うが、シルヴィアの話を聞くとどうにもイメージが湧かない。

それよりも気になったのは……。

「シルヴィアは、東部について詳しいですね。行ったことがあるのですか？」

「言ったことがなかったか？　学生時代、武者修行として東部へ行っていたのだぞ」

初耳だった。

シルヴィアは当時を思い出したのか、「あれは地獄だった……」と遠い目をしてうわ言のように何かを呟く。

いったい何があったのか。

ソフィアと同じ経験をしたアンドリューが、当時のことを思い出した時のような顔をしている。

だが、好奇心が勝ったソフィアは死んだ目をしたシルヴィアに当時のことを語ってもらう。

「……ああ。あの人たちは普段は温厚だ。いや、滅多に怒るようなことはない。だが、怒らせると……うぅ……」

体を震わせる。

本当に何があったのだ。いや、何を見たのだろうか。まるでお化けでも見たかのように顔色が真っ白だった。

何か致命的なトラウマを抱えているのだろう。

時折、「般若《はんにゃ》が……」などと呟いているが、これ以上聞くのは無理そうだ。

二人が会話をしている間も馬車は進む。

そして、次の日に目的地ベンガルへと到着するのだった。


ダージリン公爵領最大の都市ベンガル。

その裏路地には、領主の手さえも届かない無法地帯が存在する。衛兵も巡回することはないため、犯罪が起きることは当然。

ベンガルの闇と呼べる場所である。

「はぁっ、はぁっ、はぁっ……」

スラムの奥に位置する一際大きな建物。

その一室では、頭を抑えてもがき苦しむ青年の姿があった。

「大丈夫ですか、親分！」

体つきの良い男性が心配そうに声を掛け、水と錠剤の入った瓶を渡す。

青年は、男性の手から瓶をもぎ取ると乱暴に蓋を開け、数錠まとめて飲み干す。しばらくして、痛みが和らいだのかソファにもたれかかる。

「親分、やはりその道具は使わない方が良いんじゃ……」

男は心配そうに声を掛ける。

その視線の先にあるのは、三つのリングがつながったネックレスだ。ある筋から回ってきた品物で、実態のある分身を創り出すという目を疑うような性能の魔道具だが、そのリスクはあまりにも大きかった。

「うるさい、黙れ！　ようやく、ようやく見つけたんだ……。何度死を体験しようと、そんなことはどうだっていい！」

青年は、壊れたように笑う。

男性は、それを不気味に感じてしまう。もともと、青年の様子はどこかおかしかった。だが、その魔道具に手を出してからは加速度的に変化していったのだ。

それもそのはずだ。

並列存在は、分身ではなく本人なのだから。シルヴィアに三回殺され、自身で一度殺している。昨日一日で四度の死を体験しているのだから、心が壊れ始めてもおかしくない。人間に死を超えることはできないということだ。

「で、ですが……」

男は、なおも食い下がる。

青年のことが心配だったからだ。

男は、青年と幼馴染の関係にあった。男の方が、運が良く、早い時期に救いの手が差し伸べられた。そのため、青年がどのように暮らしてきたかは知らない。

そして、再会したのはごく最近である。

男も不幸な事故により再びスラムをさまよっていた。そんな時、ゴミ捨て場に捨てられた青年を見つけたのだ。

面影があり一目で分かったが、青年が男のことを覚えているのかは知らない。

青年は十年近くもどこで何をしていたのだろうか。

瞬く間にスラムを武力で制圧した姿を見ると、おそらく良い教育を受けたに違いない。だが、昔について語ろうとしないため、男は何も知らなかった。

ただ、手掛かりがあるとすれば……。

「気になって様子を見に来たが、随分と消耗しているようだな」

大凡、スラムに似つかわしくない恰好をした銀髪の青年。

スラムでもその男の名前くらいは知っている。だが、その立場を知っているからこそ、このような場所に来るはずがないのだ。

だが、二人は何らかの目的がある。

そして、その目的を達成するためならば、たとえ悪魔にでも魂を売るのだろう。

「そちらも酷い有様じゃないか」

「ははっ、そう見えるか？　最初こそ抵抗があったが、今では体に馴染むようだ」

「くっ、確かにな。この魔道具は確かにすごい。痛みはあるが、徐々に痛みは弱くなってきた。それだけ、体に馴染んだ証拠だろう」

確かに青年の痛み具合は以前よりはましになった。

だが、多用して平気なはずがない。それに、銀髪の青年の方は、瞳の色が赤く染まり始め、犬歯が伸びているように見える。

まるで言い伝えに残る、とある魔族のような特徴だ。

「それよりも、監視は振り切ったのだろうな」

「ああ。影から右往左往する馬鹿どもを見るのは、滑稽だったぞ」

「それは愉快だな。……それよりも、ようやく見つけた」

主語がない言葉だが、二人には分かるのだろう。

高まる緊張に男はごくりと唾をのむ。人外となってしまった二人の威圧に当てられたのか、中には怯えて失禁する者もいる。

誰も笑わない。

誰もがこの二人に恐怖しているからだ。

「おそらく、そのまま城に来るだろうな。くくっ、見ものだと思わないか。すでに制圧されているとは知らずに、こちらの手中に入ってくる光景は」

「ああ。間抜け面をさらしている間に、俺が殺してやる」

「いいや、それは待て」

「なんだ？」

「殺すのは、会談の途中だ。あの三人には『ぱんどらのはこ』とやらをあけてもらわなければならない。そうすれば、戦争へ向かうだろうからな。どさくさに紛れて、あの憎きヤグルマギクの狸を殺せるだろう」

「ヘクセから、あの三人への手出しは禁止されていたんじゃなかったか？　利用価値があるとかなんとか」

「なに、まとめて帝国の皇子と神聖王国の聖女を殺せば良い。気が狂って、殺し合いが起きたとでも言えばいい」

「ははっ、それは名案だ！」

狂ったように笑い始める二人に、男は正気を疑う。

男は、それなりに教養がある。だからこそ、開戦をして一番被害を出すのがアッサム王国であることが理解できた。

ほぼ間違いなく、両国ともに開戦のきっかけを得たと大喜びしてアッサム王国へ挙兵するに違いない。

二人に具申《ぐしん》したい。

だが、それをしてどうなる。間違いなく、殺されるだろう。銀髪の青年は分からないが、少なくとも青年は人殺しに忌避感はない。

男にできることは、二人の計画の失敗を祈ること。

そして、少しでも部下が死なないように祈ることだけだった。

慈愛の料理

ソフィアたちが、テアンの町を発った頃。

ベンガルにあるダージリン公爵邸では……。

「エリック。貴様、自分が何をしているのか、本当に分かっているのか？」

ダージリン公爵家当主であるセドリックは、息子エリックの強行を前に、仮面を維持できず怒気をあらわにしていた。

それもそのはずだ。

エリックの後ろには、まるで人形のように生気が感じられない男たちにフローラ、アレン、マルクスの三人が拘束されていた。

「ははっ、恐ろしい顔をして何を言っているのですか、父上？　私は、不法侵入者を捕らえて連れてきただけにすぎませんよ」

セドリックとは対照的に、どこか小馬鹿にしたような態度で上座に座るエリック。

そして、男たちにサインを送ると、フローラたち三人もまたそれぞれ席に着くように促した。

「さぁ、父上も座ってください。でないと……」

そう言って、エリックは別の男に視線を向ける。

そこにいたのは、エリックの弟であるトリスタンだ。刃物を向けられている状況ゆえに、今にも泣きそうな表情をしている。まだ幼い彼に、フローラたちのような毅然とした態度を求めるのは無理だろう。

「実の弟を人質として使うとは、どこまで堕ちれば気が済むんだ！」

「貴族とはそういうものでしょう。家のためであれば、肉親という膿を切除するのも仕方がないことです。あなただって、自分にとっての膿を取り除いたではないですか。ひどい父親だと思わないか、トリスタン」

「ひぅ……」

「貴様っ……」

セドリックが視線だけで人が殺せるのではないかと思えるほど強い眼力で睨むが、それを柳に風といった態度で受け流すエリック。セドリックを男たちに無理やり席に着かせると、不意に笑い声が響いた。

「ふふふふ……。私はあなたのことを勘違いしていたみたいだわ。エリック＝ダージリン」

槍を突きつけられてなお、悠然とした笑みを浮かべるフローラ。

普通の令嬢であれば気が狂ったと思ってしまうが、あの悪名高い（セドリックの中では）聖女が、この程度で竦《すく》むような女性ではないと分かっている。

そして案の定……。

「あら、ごめんなさいね。廃嫡になったのでしたわね、エリックくん」

火に油を注いでいた。

「貴様！」

逆上するエリック。

そして、帝国の皇子も負けることはない。

「おいっ、令嬢とは本音を隠して言うものではないのか？　とはいえ、小物の分際で大胆な行動に出たものだ。意外だったぞ」

少女のように可愛らしい容姿に似合わない傲岸な態度。

エリックが何か反応を起こすよりも先に、二人よりも一回り以上年上のマルクスが、愉快そうに言う。

「いや、小物であることには変わりないだろう。子ザルのように真っ赤にしているぞ」

「あら本当に。まるでどこかの子ザルみたいだわ」

「おいこら、そこのお前。人の方を見て言うな。こんな奴と一緒に語られるなど、死んでもごめんだぞ」

先ほどまでのおとなしさは何だったのだろうか？

この場の三巨頭は、口々にエリックへの罵倒を続ける。もはや、呼吸をするかのように罵倒の言葉が出る光景には、呆れを通り越して感心してしまう。

しかし、この場で主導権を握っているのは、エリックだ。

思い切り机をたたくと、その勢いで分厚い木で作られたテーブルに大きな亀裂ができる。

（なんだ、この力は……）

人間の膂力ではない。

エリックの変貌ぶりは、使用人から報告が上がっていた。髪はくすみ、目は血のような赤黒い色に……。それを軽く見ていたのは自身であったが、今目の前にいる男が自分の息子であるエリックとは到底思えなかった。

「貴様ら、人質がどうなっても良いのか？」

どすの利いた声。

そして、迫りくる圧迫感は魔物のそれだ。しかし、これまでに対峙してきたどんな魔物よりもけた違いに強いと感じさせる。

セドリックとて、一瞬気おされそうになる威圧感。幼いトリスタンは、その場にへたり込んで呆然としていた。

「あらあら、人質を盾にするなんて最低ね」

「貴族失格だな」

「だから、小物だといっただろうに」

こちらは、相変わらずだった。

もはや鈍いのではないか、そう疑ってしまうほど。そして、フローラが悠然とした笑みを浮かべて、エリックに言った。

「正直言って、人質がどうなろうと知ったことではないわ。それこそ、先ほどあなたが言っていましたよね。貴族であれば肉親であろうと、切り捨てると……。お兄様は、惜しい人材でしたわ」

「こいつ、本当に聖女か？　悪魔の類じゃないか？」

「ふっ。私にとって聖女とは、ソフィア様を置いて他にはおらん。そこの似非聖女は、せいぜい聖女をたぶらかそうとする悪魔の使いだな」

「ソフィアちゃんが聖女というのは間違ってないけど、言い方に腹が立ちますね……どうせなら、この二人をさっさと始末してくれればいいものを。使えない小物ですね」

「それを言うならこっちのセリフだ。早くこの二人を始末してくれればいいものを、首輪をつけられた狂犬は使えんな」

「それを言うなら、こちらも言わせてもらおう。人質を盾にはできても害することができん時点で、たかが知れている。期待するお前たちの見る目のなさに失望だな」

「あら？」

「あ？」

「ふん？」

先ほどまで、エリックを罵倒し合っていた三人だが、いつの間にか互いにけん制をしあっている。仲が悪いにもほどがある。いつの間にか、蚊帳の外に置かれたエリックは怒りのあまり顔を真っ赤にしてプルプルと震えているではないか。

しかし、おかげでセドリックは落ち着きを取り戻し、三人の置かれている立場や状況を理解できた。

（やはり、たいした玉だな）

相手を煽りながら情報共有を図るなど誰にでもできることではない。しかも、人質を取られながら、そして刃を向けながらとなれば、なおのこと。

敵ながらあっぱれとしか言いようがない。

と、その時だった。エリックの姿がブレたのは……。

「調子に乗るなよ。お前たちの生殺与奪を握っているのは、この俺だ」

そう言って、フローラの喉元に剣を添える。

薄皮を切っているためか、そこから血が流れているが、フローラは気にした様子もなく、余裕の態度を貫いていた。

「短気な方ですね。だから、あの女狐に袖にされるのではないですか？」

と、その時だった。

エリックの体から途轍もない殺気が放たれたのは……。だが、エリックが行動を起こすよりも先に……。

「まったく、少し目を離せばすぐこれです……。聖女様も、あまり煽らないでください」

エリックの強行を止めたのは、いつの間にか現れた道化師の仮面をした人物だった。

（っ、こいつはいったい……）

只者ではない。

セドリックの勘がそう告げている。そして、その証拠に先ほどまで嘲笑を浮かべる余裕があった三人が、緊張をあらわにしているのだ。

「あなたのおかげで命拾いしました」

「そう思うのなら、本当に煽らないでくださいよ。……ただ、どうしてでしょうね。あなたの場合首を飛ばされた程度じゃ死なない気がします」

「ふふっ、ソフィアちゃんを残して死ぬ気はありませんわ。ああ、あなたたちは死んでいただいてもかまいませんけど。兄もつけますよ？」

「さらりと、とんでもないことを言いますね、この人……嫌いではありませんけど」

「あら、奇遇ですね。私もあなたのことは嫌いではないですよ」

互いに毒を吐き合う二人。

しかし、見慣れた光景なのかアレンやマルクスは、「またか……」といった様子を見せている。

しかし……。

「ヘクセ、貴様どういうつもりだ！」

邪魔をされたエリックは激高する。

そんなエリックをヘクセは、まるでちり芥《あくた》を見るような冷たい目で見つめた。

「言ったはずです。彼らに手出しは無用と……勝手なことをするようでしたら、いい加減殺しますよ」

「「っ……！」」

瞬間、部屋の中の温度が数度下がったような錯覚を覚える。

正直言って、セドリックは目の前の人型の〝ナニカ〟は人ではなく、凶悪な魔物にしか見えない。

それこそ、先ほどエリックに感じたものとはけた違いな……。

（なぜこんな化け物が、この国に……。いや、ヘクセだと。聖女殿は、胡散臭い商会と言っていたな。……っ！　まさか、あのヘクセ商会の会長だとでもいうのか！）

セドリックとて、ヘクセ商会については何度も調べた。

しかし、尻尾さえつかむことができない謎の商会だ。存在しないのではないかとさえ考えていたのだ。

だが、目の前にいる人物はヘクセと呼ばれ、フローラの発言を思い出す。

そして、疑惑を覚えると同時に納得してしまう自分がいた。

「まぁ、冗談ですけどね」

そう言った途端、部屋の中を圧迫した空気が弛緩した。

そして、ヘクセはエリックとすれ違いざま……。

「……」

何やら呟いていくと、来た時同様に前触れもなく消えていく。

いったい何だったのだ？　そんな思いがセドリックの頭をよぎるが、今はそれどころではない。

「最後の客人がやっと来たみたいだな」

気を取り直したエリックが、扉を指し示す。

いったい誰が来たのか、フローラたちは分からない様子だ。しかし、最後の客人にセドリックは心当たりがあった。

そして、それは的中する。

開かれた扉からまず入ってきたのは、セドリックと同じ銀髪の男性。女性と見間違えるほど端正な顔をした青年。その姿を見た瞬間、セドリックの中ですぐに誰なのか分かった。

（……アルフォンス）

死んだと思っていた弟。

このような状況でなければ、感動の再開となったことだろう。しかし、状況は最悪だ。エリックは、アルフォンスのことを知ってか知らずか、鋭い視線を向けていた。

そして、続いて入ってきたのは……。

「っ」

そろって息をのむ。

その少女はあまりにも美しすぎた。現時点でも傾国や傾城と形容しても良いほど顔立ちが整っており、その背中から延びるのは漆黒の翼。その浮世離れした魅力が、幼いながらも人目を引きつける。

そしてその背後に控える少女もまた、際立った容姿をしていた。彼女もまた、薄羽を持っていることから人間ではないことは明らかである。

（彼らが魔族か。ソフィア＝アールグレイの姿は……）

続けて入ってくるであろう存在を待っていたセドリックであるが、その期待は裏切られる。緑髪の少女が入り終わると、重厚な扉は閉められてしまった。

登場人物がそろうと、エリックは何事もなかったかのように席に着く。そして、最初の余裕を取り戻して高らかに言った。

「では、始めよう。この腐った世界を変えるための会議をね」


ベンガルから遠く離れた湖のほとり。

太陽の光が反射し、水面がキラキラと光り輝いている。その光景を少し離れた丘から眺める一人の少女がいた。

少女は、無機質な瞳でただその光景を眺めている。

すると、その背後の空間が突然ゆがんだと思うと、そこから道化師の仮面が現れ、徐々に全体の姿が明確になっていく。

「遅かったわね、ヘクセ」

「うわぁ、さすがっすね。お嬢様。これでも、空間移動にはかなり自信があったんすけどね」

ヘクセは道化師の仮面を取り払うと、げんなりとした表情を浮かべる。自信があるのは確かなのだろう。

音もなく、魔力の反応さえない。あまりにも見事な空間移動は、魔法に精通している者であっても、気が付くのは困難だ。

しかし、少女は気が付いた。

「あなた、かなり匂うのよ」

「へっ！　それ、最悪な理由じゃないっすか！　そんなに体臭がきついっすか！」

「胡散臭いわ」

「おぉぅ……自分から強要しておいてそれって。あんたマジで悪魔っすね。っていうよりも、匂い関係ないっすよね！　せめて、気配で感じ取ったとかにしてほしいっすよ！」

「はぁ」

「何、疲れったって表情しているっすか⁉　あんた、まだ全然しゃべってないっすよね！　間違いなく、私の方が数倍はしゃべってるっすよ！」

「……」

「沈黙！　ていうか、私をいないものとして扱うのマジでやめてくれません！　なんか、一人でしゃべって、私が寂しいやつみたいじゃないっすか！」

どうしてこんなにも元気なのだろうか。

ヘクセは有能で、仕事は迅速でありながらスマートに熟す。レイブンを除けば、使い勝手はいいのだが、いかんせんうるさいのだ。

正直に言って、少女はこの無駄に有能な手ごまと、二人でいるのは嫌だった。

「どうでもいいけど、報告は？」

「どうでもいいって……。そんなバッサリと、うぅあの腹黒聖女（笑）と会話していた方が楽しいとか、自分病んでるっすね。確か、ミッドナイト横丁に著名なカウンセラーがいたっす。休日に行ってこようかな」

「報告は？」

「……はい」

三度目はないと圧をかけて言うと、ようやく本題に入るヘクセ。

胡散臭さを演じさせているのは、この残念さを隠す意味もあった。そんなことを考えていると、ヘクセは慇懃な態度で報告を始める。

「予定通り、狂った人形は生者たちと踊り始めました。舞台へ、新たな生者を巻き込む巻き餌として……。種がまかれていると知らずに、生者は狂った人形に笑い転げるでしょう。そして、撒かれた種が開花する瞬間、次の舞台の幕は開ける」

まるで、詩を歌うかのように朗々と。

それを聞いた少女はしばらくの間沈黙し、そして口を開いた。

「……はぁ」

出てきたのは、ため息だった。

「何すか、その反応は⁉　自分なりに会心の出来だったと思ったたっすけど！　意味は伝わったすよね」

「もう下がっていいわ。それと、今後はレイブンを通して報告をしてちょうだい」

「それ、暗に自分と直接話す気はないって言っているも同然じゃないっすか！　いい加減泣くっすよ本気で！」

使い勝手はいいが、本当に面倒なことこの上ない。

（人形にできれば、どれほど楽なのかしらね……）

そう思わずにはいられなかった。

少女の能力はいうほど完璧なものではない。遍《あまね》く存在に対して有効であるが、そこに例外があった。そして、残念ながらやかましく騒いでいる少女もその例外に当てはまってしまった。有能なだけに手放せなく、こうして精神的苦痛に耐えているのだ。

「あれ、そういえば、あのお飾り頭はどこへ行ったっすか？」

「彼なら、狩りに行ったわ」

「狩り？　バーベキューを楽しむんじゃなかったっすか？　……あぁ、なるほど。一緒にいるのが嫌だから適当な理由をつけて、狩りに行かせたっすね。『狩りに行く姿が見た〜い』とか何とかいったっすか？」

「……」

「図星っすか。んで、見に行かないと。まじで悪女……いや魔女っすね。まぁ、あのお飾り頭はお嬢様のお眼鏡には適わなかったってことっすよね」

「私は、仕事の遅い男は嫌いなの」

「うわぁ〜。どこかの誰かと似たようなことを言ってらっしゃる。って、要するに私もだべってないで働けって言いたいっすね。ハイ分かりましたとも」

そう言って、ヘクセは再び道化師の仮面を被りなおすと、もう一度少女へと振り返った。

「それはそうと、ソフィア＝アールグレイはどうするつもりっすか？　この前は少しだけ動いていたみたいっすけど」

「どうもしないわ」

少女は、ヘクセの問いに気怠そうに答える。

それを聞いたヘクセは口元を三日月のように釣り上げて言った。

「ということは、私がもらっても良いってことっすか？」

「黙りなさい、ライラ＝プルートー」

「っ⁉」

ライラ＝プルートー……それはヘクセの真名だった。その名を呼ばれた瞬間、ヘクセはまるで自身の心臓を握られたかのような錯覚を覚える。

先ほどまで軽薄な笑みを浮かべていたヘクセの表情が、一瞬で緊張したものへと変わった。それを見て取った少女であるが、さらにくぎを刺した。

「あれは私の物よ。最悪死んでもかまわないけど、たとえ死神であろうと魂はあげないわ」

少女の言葉に身震いをする。彼女の周囲には奈落を彷彿させる闇が漂う。それと同時に、彼女の背後には無数の視線が現れた。数えるのも億劫なほどの数……そのすべてがヘクセに多少なりとも脅威を覚えさせるほどだ。

確かに、少女はヘクセを支配下に置くことができない。だが、少女にはヘクセを力づくで従わせることくらい訳がないのだ。

（まったく、おっかない上司っすね……）

表情を見せないように仮面を被ると、恭しく一礼をする。

「ヘクセの名はしばらくあなたに預けたままにするわ。良いわね」

アイナのその一言に、先ほどまであった視線が一つ一つ消えていく。そして、最後の一つが消えた時……。

「かしこまりました。すべてはアイナ様の思うがままに」

ヘクセもまた、音もなく消えていく。

そして、一人残された少女……アイナ＝アールグレイは無機質な目で再び湖を眺め続けるのであった。


ダージリン公爵邸がエリックによって制圧されていた頃。

ソフィアたちはというと……。

「私、ときどき思うんですけど。なんか、髪の色を変えるよりもこの服を着ていた方が気づかれないのかなぁって」

すでに、ダージリン公爵邸の中にいた。

死んだ魚のような目でソフィアは、目の前で「ソフィア＝アールグレイはどこだ！」と言って探し回るエリックの部下たちを見据える。

客観的に見ると、コントをやっているようにしか見えない。ソフィアをソフィアと認識しているメイドは、この光景を見て口元を隠しているほどだ。

「……」

ソフィアの問いに、シルヴィアは答えない。

いや、答えることはできなかった。男たちが「ここにはいないぞ！　やはり、すでに侵入しているのは出まかせだったか！　外を見張るぞ！」と言って出ていってしまった。

そんな彼らの後ろ姿に堂々と手を振るソフィアは、ここへ至るまでの経緯を思い出しながら、ポツリと話し始める。

「魔道具が突然故障した時は焦りましたよね。あまりにも突然で、予備もなくてどうしようかなって困り果てていました」

「ああ、そうだな」

「物々しい雰囲気でしたので、ローブでも被ろうと思ったのですが、ゴドウィンさんからメイド服を渡されて『これ着てれば、まずばれねぇ』とか言われました」

「私も、なぜかメイド服を着ているぞ？」

「メイド服ってすごいですね。いつの間にか、ステルス機能が搭載されたみたいです」

「この国の技術はすごいな」

微妙に会話がかみ合っていないように感じるが、二人とも遠い目をして気付いていない様子。周囲にいる使用人は、邸内が危険な状態にあるというのに、別の意味であたふたしていらっしゃる。

「クルーズさんなんか、目の前に私がいるのに、私はどこにいるのかって探していたんですよ。目の前にいるのに」

「私は、一発でばれて似合っているとか言われたぞ」

「しかも……そのまま、メイド長に『いつまで仕事をサボってるの！』って拉致られる私っていったい何なんですかねぇ～　おかげで、邸内に入れましたけど。……しかも、しかもですよ！　誰も違和感を覚えてくれないってどういうことですか！」

「まぁ、そうだな」

怒り心頭なソフィアに憐みの視線を向けるシルヴィア。

ようやくここに至る。ダイジェストされた断片的な会話であるが、ここまでの流れを大まかに知ってしまった使用人たちは、居た堪れない表情でソフィアを見ていた。

「どうせ私なんか……服が違えば気付いてもらえませんよ。しかも、顔を隠していたわけでもないのに、目の前で私の捜索をされたんですよ」

「荒事にならなくてよかったと思うべきだろう」

「ここには顔見知りがいたんですよ。お久しぶりですって声掛けたら、『あなた、新人さん？』って声をかけられた私の気持ちって」

「ごめんなさい」

心当たりがあるのか、一人の使用人がソフィアに反射的に謝る。

いったい何なんだろうこの空気……。制圧された邸宅とは思えない気まずい雰囲気に、誰もが困惑する。

しばらくの静寂を経て……。

「とりあえず料理でもしましょうか」

「「何がどうなったら、そうなった！」」

「へ？　だって、会談ですよね。なら、お腹がすくじゃないですか」

「「この状況で心配するのが、それなの!?」」

「うわぁ、息ぴったりですね。さすがは、ダージリン家の使用人です」

「「……褒められている気がしない」」

そう言って、さっそく厨房へと向かうソフィア。

監視の目はないのかと思うのだが、ソフィア捜索に力を注いでいるため、警備はかなりざるである。

やはり正規の兵ではなく、指示を出す人物がいないためだろう。ソフィアが、厨房へ向かおうとしたところ、シルヴィアに手をつかまれる。

「ちょっと待て。人質の解放が先だ。そしたら、会議室に忍び込んで公爵たちを開放する」

「フェルちゃんたちは良いんですか？」

「あいつらは、人質がいるから動けないだけだ。何の問題もない」

そういって行動に出ようとするシルヴィアだが、ソフィアは首を緩く振った。

そして、一つの意思を宿した目でシルヴィアに言う。

「私は料理を作ります」

「ばかっ、状況を考えろ、状況を！」

「状況くらい考えていますよ。そのうえで、私にできるのは料理だけなんです」

ソフィアが酔狂で言っているのではないと理解したからか、シルヴィアはソフィアの手を離すと真剣な表情を浮かべる。

「何を考えている？」

「私は……ミナちゃんに言われて理解したんです。料理が好きなんだって。私の料理を食べて笑顔を浮かべてくれる光景が好きなんだって」

「……」

「正直、どうしてエリック様がこんなバカなことをしでかしたのか分かりません。ですが、そんなことは今の私にとってはどうでも良いことです」

「「ど、どうでも……」」

あまりにも、あまりな言い分に、シルヴィアではなく周囲で聞いていた使用人たちが表情を引きつらせる。

しかし、それはソフィアが投げやりになっていったわけではない。確かな意思を瞳に宿らせて……。

「私にできることは料理だけですから。だから、私は私のできることを全力でやってきます」

「「……」」

きっと、シルヴィアたちは馬鹿だと思っただろう。

自分で言っていても、状況を考えろと思ってしまう。しかし、意外にもシルヴィアは何も言わずにソフィアに背を向けた。

そして、いつの間にかソフィアの隣にいたトノに向かって言う。

「トノ、その馬鹿を任せた。私は、人質の解放に行く」

『にゃっ』

トノが答えるや否や、シルヴィアは短いスカートの裾をはためかせ、さっそうと駆けていった。

それを見送ったソフィアは、ふぅと息を吐いて厨房へと向かう。そこでは、すでに料理を始めている料理人たちの姿がある。

「私が料理をします」

やる気に満ちた表情で、顔見知りの料理長に宣言をする。

喧騒の中小さいながらも響いた声。それを聞いた料理人たちは手を止め、ソフィアへと視線を集中させた。

そして、料理長はソフィアに視線を向けて、

「んあ？　お前誰だ？」

首を傾げた。

「……」

ソフィアの後をついてきた使用人たちはお気の毒そうにソフィアを見る。その反面、やっぱりかぁといった表情を見せるのだから、器用なものだ。

しかし、顔見知りに忘れられるのは流石にソフィアとて看過できない。

「私です！　ソフィア、ソフィア＝アールグレイです！」

そう高らかに宣言した。

あまりにも大きな声に、周囲は驚く。そして、自分の失態に気付いたソフィアだが、もう時すでに遅し……。

「ソフィア＝アールグレイが見つかったのか⁉」

厨房の扉を勢いよく開けるエリックの配下。

自然とソフィアとも視線が合うのだが……。

「ちっ、紛らわしいことしてんじゃねぇよ！　てめぇらは、とっとと料理を作りやがれ」

そう言って、立ち去っていく男たち。

「……」

ソフィアは呆然とする。

「……」

使用人や料理人たちは居た堪れない表情でソフィアを見る。

ちなみにトノはソフィアの足元で『にゃぁ』と顔を洗っていた。興味がなさそうだ。

「あぁ、うん。ソフィアの嬢ちゃんか。生きていて何よりだ」

「この流れで、私だって認めるのはどうなんですか⁉」

「はっはっは、あまりにも貫禄があって、気付かなかったんだろうよ」

「貫禄⁉」

あまりにも板につき過ぎて、誰もが一流の侍女だと思ったことだろう。

その証拠に、侍女頭から「流石はソフィア様ですね。うちの侍女でもソフィア様ほど侍女を極めている方はおりません」と称賛されたのだ。

だが、嬉しくはなかった。

「これでも一応、元は公爵令嬢なんですよ。社交場の花なんですよ、もちろん壁側ですけど」

「……」

すると、料理長である男性がソフィアに声を掛けてきた。

「貴族らしくないのは今さらじゃねぇか。それに、もともとそんな肩書あってないようなものだろうに、気にする必要はないんじゃないか。なんなら、今日から一流の侍女って名乗ってみれば良いじゃないか？」

料理長は朗らかに「案外そっちの方がしっくりきそうだ」と笑う。

「料理長⁉」

誰もが触れないようにしていた存在に話しかけたことに、誰もが驚きの声を上げる。そんな声を無視して、料理長はソフィアに声を掛けた。

「んなどうでも良いことより、早く料理を作ってくれ。話に聞いていたが、魔国の料理ってのが気になるんだよ」

「……うわぁ」

ソフィアが一番気にしていることをどうでも良いと割り切った料理長に、部下である料理人たちが一斉に声を上げる。

そして、ソフィアの様子を窺うように視線を向けた。

「……それもそうですね。料理人を目指すのであるならば、たとえ目の前にいても気づかれないことなど気にする必要はないですね！　ええ、気づかれなくても生きてはいけますから」

ソフィアは開き直ると、明るい表情を浮かべる。

しかし、やはり目の前にいて気づかれないことは、ダメージが大きいのだろう。「気づかれない」と言う部分を強調していた。

「んで、何を作るんだ？」

「えっと、自分から言い出しておいてあれなんですけど本当によかったんですか？　もう準備は終わっているんですよね」

「まぁな。けど、こっちは賄いに回せばいいだろう。んで、何を作るつもりだ？」

そう言われて、ソフィアは顎に手を当てる。

何も考えていなかったのだ。しかし、すぐに何を作るか決まった。

「私が作る料理は……」

一方で、シルヴィアはというと。

「まったく、数ばかりが多いな」

武器は持たない。

シルヴィアの体術スキルはレベル七であり、疾走しながらも相対するならず者たちを一瞬で無力化する。

武器を構える間もなければ、声を上げることさえできない。

彼らの目には、銀色の光が線を引いて動いているようにしか見えないのだろう。シルヴィアは、無力化しながらも侍女たちからの情報を頼りに、捕らえられている地下牢を目指す。

「ここか、地下への階段！」

ようやく見つけた地下牢への入り口。

相手は数が多いだけの素人で、脅威となる存在はいない。しかし、時間がたてば無力化した者たちが見つかり、騒ぎになること間違いない。

だから、シルヴィアにとってこれは時間との戦いだった。

「ここかっ」

地下牢には、話通り埋め尽くされんばかりの人がいた。

装備からして、ダージリン公爵家の私兵、カテキン神聖王国の騎士、フェノール帝国の兵士、シアニン自治領の傭兵がまとめられていた。

「侍女がどうしてここに……？」

おそらく、公爵家の私兵だろう。

シルヴィアの着ている服を見て、尋ねてきた。

「私は侍女ではない。とりあえず牢を破るから騒がないでくれ」

シルヴィアは、そう言って愛用している刀剣を取り出した。

突然現れた剣に周囲がざわめくが、いちいち対応している時間もないのでさっそく行動に出る。

しかし……。

——キンッ！

シルヴィアが牢を切り破ろうとした瞬間飛来した槍。

反射的にそれを叩き落とし、シルヴィアは飛来した方角に鋭い視線を向けた。

「お前はっ……」

シルヴィアは、その男に見覚えがあった。

「ソ、フィア……ソフ、ィア＝アール、グレイ……どこ、だ。どこに、いる？」

血走った目で片言になりながらも憎悪を口にするディック。

もはや、この男は助からないだろう。シルヴィアは、かつて見た禁忌魔道具のリスト、その中で【ドッペルゲンガー】に関するものを思い出した。

（並列存在を作り上げる魔道具……分身ではなく、並列存在であるゆえに、全員が本物の存在となれ

るが……並列存在を作ることは自我の崩壊を招く。しかも、この前こいつは四回死の体験をしたはずだ）

ディックに対していい感情を抱いていないが、それでもディックが受けた精神負荷は相当なものだ。適性がない人間であれば、一人作り上げるだけで自我が崩壊してもおかしくない。

方向性は違うが、その精神力に敬意を表して……。

「いいだろう、引導を渡してやる」

シルヴィアは、剣と銃を構えるのであった。


「今、なんて言った？」

静寂が包み込む会議室で、セドリックの声が響き渡る。

「だから、戦争を始める。それも、この大陸をすべて巻き込んだ、どでかい戦争をね」

エリックの言葉に、誰もが言葉を失う。

だが、最初に気を取り直したのはセドリックだった。彼は勢いよく立ち上がると、声を荒げて言った。

「そんなバカなことをして、貴様は何をしたいというんだ⁉」

戦争の目的など、さまざまある。

しかし、セドリックにはエリックが戦争を起こそうという理由が考えつかなかった。だからこその問いかけ。

エリックは、そんなセドリックを見て鼻で笑う。

「何も」

一瞬、誰もがエリックの言った意味が分からなかったはずだ。

困惑の中、エリックはさらに言葉をつづけた。

「別に何かが欲しいわけでも、やりたいことがあるわけでもない。けど、そうだな……あえて理由を挙げるなら、ソフィア＝アールグレイにかかわるものすべてを壊してやりたい。何もかもを失った、あいつがどんな顔をするか見てみたいと思わないか？」

その言葉に、会議室内が殺気立つ。

この場にいる誰もが、ソフィアと縁があるものばかりだ。それはもはや、自分たちをも害すると宣言しているに等しい。

だが、それよりも、この場にいる全員がソフィアを絶望させようとするこの男が許せなかった。

しかし、そんな周囲の反応に気付いていないのかエリックは狂った笑いを浮かべる。

「はははは！　愉快だろう、僕から何もかも奪ったあの女に、今度は僕がすべてを奪ってやる。それに、こんなちっぽけな国アイナもいらないだろう。だからさぁ、すべてを真っ白にして、それからアイナに捧げたら、きっと喜んでくれる！」

赤い目が爛爛《らんらん》と輝く。

口元からは犬歯が覗き、アンデッドのような青白い肌。この姿は、フェルにとってなじみ深いものだった。

（間違いなく、ヴァンパイア化している。禁忌魔道具《ヴァンパイアブラッド》か、厄介なものを）

フェルは、狂言には耳を貸さずただひたすらエリックを観察する。

（姫様知っているの？）

すると、小声でロレッタが尋ねてきた。

その言葉に頷くと、小声で返答する。

（うん。ものすごい厄介……ただの吸血鬼の血を使った魔道具なら、そんなに気にしないんだけどね。禁忌魔道具に指定されているのは、使われた血が厄介だからだよ）

下級吸血鬼の血を使っているのであれば、禁忌魔道具に指定されることはなかっただろう。しかし、禁忌と呼ばれているのだから、それ相応の理由がある。ロレッタも、その血がだれの血を使ったものなのか気になったようで、抑揚のない声で尋ねてきた。

（誰の血を使っているの？）

（ヴラド＝ドラキュリア……北の四天王を務める最強のヴァンパイアの血だよ）

（っ！）

フェルの言葉に、ロレッタは鋭く息をのんだ。

ヴラド＝ドラキュリア。この人物を魔国で知らない者はいないだろう。なにせ、四天王で唯一三百年の間四天王であり続けた男なのだから。

それこそ、初代魔王と並んで数えられるほどの大物である。そんな怪物の血を使っているのだから、禁忌魔道具に指定されてもおかしくはない。

（過ぎた力は身を亡ぼす。まぁ、情状酌量の余地はないけどね）

そう言って、冷笑するフェル。

エリックの狂言はどうでもよかったが、やり方が気に入らない。今なお部屋の隅では、幼い少年が刃を突きつけられ、それでもなお気丈に振舞おうとしているのだ。

しかも、聞くところによれば、実の弟だという。

(絶対に妨害を受けてる。思ったようにスキルが使えない)

気に入らない。気に入らない。

絶対的な自信を持つ力が、敵のいいように封じられていることが。フェルの力は万能であるが、弱点も存在する。それがインターバルだ。広範囲の編纂を行った後は、一時的に能力が制限を受ける。

尤も、制限と言っても微々たるものだ。

フェルのスキルの絶対性は揺るぐことはなく、現状使えないのは空間に干渉する系統だけ。この状態であっても、本気のシルヴィアであっても、フェルに傷一つつけるのは困難だろう。

そして、フェルをさらにいらだたせるのは、同じような力を持つ第三者の干渉。これによって、フェルが力を使おうとすると操作を誤ってしまう可能性があるのだ。

状況を打破しようとして、全員を巻き込んだらそれこそ大問題だ。フェルがどうしたものかと困っていると……。

「軽食をお持ちいたしました」

と、どこか聞き覚えのある声が響いた。

怪訝に思うフェルであるが、入ってきたのは普通のメイド。

（あのメイドさん、できる！）

エリックが熱弁している中、思わず感心してしまうフェルだった。

金髪で目立つはずなのに、なぜか背景と同化してしまう。足取り一つとっても、熟練のメイドを彷彿させる。

もはや、神だ。

メイド界に降り立った神ではないのか。うるさいBGMを聞き流しながら、感動していると、次々に侍女たちが料理を運んできた。

「お前たち、いったいどういう了見で……」

「そろそろお腹がすいたと思い、軽食をお持ちいたしました」

エリックが険しい声で尋ねると、熟練のメイドが素知らぬ顔で答える。誰もが、その言葉に唖然とする。

フェルもまた同様だ。

（この状況で普通に料理をして、押し入ってくるなんて……）

あまりにも空気が読めない。

フェルも空気を読む自信はないが、それでもこの熟練のメイドほどではないだろう。心のどこかで敗北を感じていると、有無を言わさず次々に全員の前に料理がいきわたる。

そして、一斉にクロッシュを開くと……。

『うわぁ……』

思わず声が出てしまう。

フワフワに作られたホットケーキが積み上がり、まるで巨塔のよう……。しかも、どういうわけか光沢のある綺麗なカラメル色の表面の隙間からは黄金色の生地が覗いていた。

もはや食べ物ではなく芸術ではないか。そんな風に思ってしまうフェル。隣では、ロレッタが、目の前のホットケーキにゴクリと喉を鳴らしていた。

他の面々も同じである。

（料理って、すごい……）

ただ存在するだけ。

にもかかわらず、全員の視線をくぎ付けにしてしまう。先ほどまで狂気に満ちた表情で演説していたエリックも、その狂言に殺意を現していたフローラたちも、この料理の魅力に逆らえず呼吸さえ忘れて魅せられていた。

誰もが困惑する中、件《くだん》の熟練のメイドがフェルのそばにやってきた。

「フェルちゃんは、確かはちみつ派でしたよね」

「あっ、うんそうだよ……」

何をいまさら。

そんな思いがあったが、ここまで来て違和感に気付く。

（あれ、フェルちゃん？　……うん？）

違和感の原因。

先ほどまで熟練のメイドと思っていた相手の顔をちらりと見る。金髪で碧眼に優しそうな顔立ち。

どこからどう見ても……。

「なんでお姉さんがいるわけ？」

至極当然の疑問だった。

今なお必死に捜索中であるソフィア。しかし、発見には至っておらず、どこかに隠れているのなら まだしも、邸内しかも渦中の一室……混沌の申し子であるフェルとて、意味が分からなかった。


時は戻ること、一時間ほど前。

「ホットケーキだぁ!?　なめてんのか、お前！」

ホットケーキは、魔国でもポピュラーだが、アッサム王国でもポピュラーな料理だ。かつてソフィアの母が広めた料理であり、今となっては、庶民の味として親しまれている。

そんな料理をこの状況で提供するといっているのだから、料理長がそう言ってしまうのも仕方がない。しかし、ソフィアはどうしてもこれが良かった。

「私にとっては、ホットケーキはとても大切な料理なんです。庶民の味と言われても、どうしても皆さんに食べてもらいたい……」

「自分が食べてもらいたいから作るなんて傲慢、許されるわけねぇだろう！　会食に出すメニューってのはなぁ、たいてい決まっているんだよ。ホットケーキは型破りなんて次元じゃねぇぞ」

そう声を荒げる料理長であるが、ソフィアは真摯な瞳で答えた。

「私は格式とかどうだっていいんです。ダージリン公爵家の面子を潰したとしても、私は自分が食べてもらいたい料理で笑顔になってもらいたいんです！」

「な、なんつー自分勝手な……」

もはや呆れすぎて怒る気にもならないのだろう。

しばしの間絶句していた料理長だが、ソフィアの瞳を見返して、「はぁ～」と思いため息を吐く。

「好きにしろ」

「「料理長!?」」

まさか料理長が折れるとは思わなかったのだろう。周囲からは悲鳴に近い声が上がる。

「うっせぇ！　責任は俺がとる。もうこの際、文字通り首だってかけてやるよ！　だからなぁ、俺を満足させるホットケーキを作りやがれ！」

「はいっ！」

料理長の言葉に、不覚にも感動してしまうソフィア。

さっそく料理を始めようとした、その時だった……。

「っとまぁ、話がまとまったようで一つ質問や。新鮮卵と高級小麦粉はいらん？」

突如現れた糸目の男。

ソフィアはこの人物に見覚えがあった。

「アカシヤさん？」

「そや、凄腕情報屋のアカシヤや。お久しぶりゆうほどやないけどな」

「えっと、どうしてここに？　というよりもどうやってここに？」

「情報屋、なめたらあかんで」

どこの世界に、制圧された邸宅に現れる情報屋がいるのだろうか。

いや、それだけでも常軌を逸しているのだが、さらに大荷物を抱えているのだ。

「んで、卵と小麦粉、あと砂糖はいらんの？　メープルシロップとはちみつもあるで」

「あっ、ありがとうございます……というより、まさに今必要なものしかないのですが」

「せやから、うちは情報屋やで。まぁ、あんたにはこの前ぎょうさんもうけさせてもろうたから、今日はただでええよ。ほんじゃ、頑張ってぇな」

そう言って手をひらひらと振って、姿を消すアカシヤ。

いったいどうやったのか。料理長たちが唖然とするなか、ソフィアは深く考えることをやめてアカシヤが持ってきた材料を確認する。

（本当にどこから仕入れてきたのでしょうか）

アカシヤを胡散臭いと思っていたが、調達してきた材料がこれまたソフィアを呆れさせる。小麦粉は、魔国東部にある黄金小麦。ブラウンバードの上位種コッコバードの卵に、西部にしか生息しないカウカウの牛乳などなど……どれもこれも高級食材で、扱いが非常に難しいとされる材料ばかりだ。

だからこそ、ソフィアは思った。

（要するに、これはアカシヤさんの挑戦ってことですね。いいでしょう、最高のホットケーキを作り上げてみせます！）

周囲が唖然とする中、ソフィアはキーとなる言葉を口にした。

「【さぁ、料理を始めましょう】」


そして、現在に至る。

「えっ、だって。クルーズさんは料理を作ってほしいって呼んだわけですし。ここで作らなければ、私ってなんで来たのか分からなくなるじゃないですか？」

と、首をかしげるソフィア。

「あっ、なるほど……なるほど？　なる、ほ～ど…………なるほどじゃないよ！　いやいや、どうしてお姉さんがここにいるのさ!?」

思わず立ち上がって叫んだフェル。

その凶行によって、ようやくソフィアに対するフィルターが解かれたのだろう。先ほどまで、熟練のメイドだと思っていた相手が、ソフィアだと気づき始める。

「んっ、ソフィア。私メープルで」

「はいはい、すぐにおかけ…………」

「ソフィア＝アールグレイ！」

ソフィアが、ロレッタのホットケーキにメープルシロップをかけようとした瞬間だった。怨嗟の声がこだまする。

「はい。ソフィアです。お久しぶりです、エリック様。あっ、あと今はアールグレイと呼ばれるのはいろいろとまずいので、できればソフィア＝アーレイと呼んでくれると助かります。あれっ、そもそも、家名は別に呼ばなくていいと思いません？」

「いやっ、なんでこの状況でそんなフワフワしているわけ⁉　お姉さん、空気が全く読めなくなってない⁉」

突然、フェルが騒ぎ始める。

いつものことながら、突然だ。ソフィアの心はこんなに晴れ渡っているというのに、何が問題だというのだろうか。

訳が分からず首をかしげていると、ソフィアがエリックから視線を逸らした一瞬のことだった。

「させません！」

——キンッ！

甲高い音が室内に響く。

発生場所は、ちょうどソフィアの手前。エリックが持つ剣とアルフォンスの持つ剣が交差する音だった。

セドリックたちはエリックから目を離していなかった。

しかし、初めて見る人間離れした速度に目が追いつかなかったのだ。気が付いたのは、剣戟が響いた後。

数センチという距離にまで迫った刃。そして、憎悪の炎を宿した深紅の瞳にソフィアは思わず後退ってしまう。

「ちっ、邪魔をして……」

「当然です、貴方にソフィアを殺させはしませんよ」

忌々しそうに言い放つエリックに、アルフォンスは鋭く答える。

「なら、守ってみれば良い！」

そう言って、エリックはアルフォンスへ切りかかる。

正統派の剣だ。人外の身体能力も合わさって、並みの兵士では歯が立たないだろう。しかし、アルフォンスも魔国で鍛えているのだ。

幾度も剣戟が響き渡る。

互いに一進一退の攻防だ。

身体能力では、下級とは言え吸血鬼のエリック。対するアルフォンスは、魔法で肉体のスペックを補いつつ技で応戦する
人間と言う種族で限れば、間違いなく最高峰の戦いだろう。

誰もが唖然としていると、すぐさま動いたのはロレッタだった。

魔法を駆使して、ソフィアの料理に気を惹かれた意思のない男たちを瞬く間に無力化していく。

そして、全員がフリーになった時、待ち構えていたかのように部屋の外から私兵が流れ込んできた。

「相手は吸血鬼もどきです！　弱点こそありませんが、身体能力以外の能力は有していません。包囲を！」

真っ先に声が飛んだのはセドリックだ。

それに続くようにして、マルクス、フローラ、アレンの声が飛ぶ。ソフィアは、ロレッタとフェルに守られるように後退すると……。

「消えろ、ソフィア＝アールグレイ！！！」

そんな叫び声と共に、エリックはビー玉のような物をソフィアに投げつける。

それが何なのか、ソフィアには分からない。

しかし、続く怒声に気を取り直す。

「爆発する！　全員、すぐに伏せろ!!」

しかし、それは遅い。

爆発すると言われても、どのようなものなのか理解できないのだ。伏せろと言われて反応できる人は極僅か。

ソフィアもワンテンポ遅れると、ロレッタが徐に手を伸ばす。

風の障壁。

とっさの判断で、ビー玉サイズの魔石を囲うように展開する。

――ドゴーン！

大きな爆撃音が鳴り響いた。

ロレッタの障壁が威力を軽減するものの、完全ではない。

爆発の衝撃によって、窓ガラスが割れる。

「……ちっ」

ロレッタの障壁のおかげで、死傷者はゼロ。

目的のソフィアにも手傷を負わせられなかったからか、忌々しそうに舌打ちをする。しかし、衝撃によって多くの者が動けない今こそがチャンスだ。

動けずにいるソフィアへ、エリックの凶刃が迫る
「そうはさせないよ」

フェルだ。

警戒を怠ったエリックは、フェルに腕を掴まれるとそのまま投げ飛ばされる。地面に強く打ちつけられたその一瞬に、フェルは更なる追撃を仕掛ける。

「沈め」

フェルがそう言い放つと、床がまるで泥沼のように変化する。

そして、一時的に怯んだエリックの体を取り込もうとするが……。

「舐めるな！」

「……あぁ、やっぱり駄目か」

ヴァンパイアとしての身体能力か、床を蹴り飛ばすと拘束が解かれる。

しかし、フェルは予想通りだったようで、落胆の色は見られない。ソフィアは立ち上がると、す

ぐにフェルにお礼を言った。

「フェルちゃん、ありがとうございます」

「気にしなくていいよ。建物さえ気にしなければ、捕まえられるんだけどね。それにしても、うざったい干渉の仕方してくれるなぁ。危うく、屋敷ごと沈めるとこだったよ」

さらりと恐ろしいことを言うフェル。

ソフィアは引きつった笑いを浮かべるしかできなかった。

既に、体勢を立て直したアルフォンスやロレッタ、なだれ込んできた各国の護衛たちがエリックを囲み始める。

「大人しく投降しろ」

セドリックが、冷たい声でエリックに告げる。

この状況、たとえヴァンパイアであっても逃げ出せる状況にない。普通であれば、この状況で諦めるだろう。

しかし、エリックは余裕の表情を浮かべている。

「あり得ない……そいつを殺すまであり得ないんだよ！」

エリックから向けられる殺気は、ソフィアに集中する。

――何故……。

ソフィアは、ふと思った。

そして、その疑問がポツリと口に出てしまう。

「……何故、貴方は私をそこまで憎むのですか？」

「何故、何故だと……」

ソフィアの疑問に呆然となるエリック。

まるで呪詛のように「分からないだと」と繰り返している。そして、沸々と込み上げる怒りにエリックは声を荒らげた。

「お前が、俺の人生を台無しにしたんだよ！」

「え？」

ソフィアは謂《いわ》れのない理由に驚く。

「次期宰相の肩書も！　ダージリン公爵家嫡男の肩書も！」

そう言って、セドリックとその傍らにしがみ付くトリスタンに視線を向ける。

「陰口を叩かれ、笑われて！」

そう言って、ダージリン家の使用人を見る。

「何故俺が頭を下げなければならない！」

そう言って、マルクスたち代表者を見る。

「それに、アイナも！」

ここにはいない女性を思って、手を伸ばす。

「……アイナさえ、アイナさえ近くにいてくれれば。きっと……」

——全てが上手くいく。

そんな思いが込められているように感じる。

しかし、それはありもしない幻想だろう。手が届かない光景に、手を伸ばして。

もがき、あがき、苦しんだ。

だが、現実はエリックにとって残酷だった。

そんな思いを込めて、キッと鋭く睨んできた。

「お前が……お前がいるからだ！　ソフィア＝アールグレイ！」

心からの叫びだ。

その話を聞いていた者たちが、内心では同じことを思ったに違いない。

「何故そうなる？」と。

あまりにも自分勝手な理由に、ソフィアも理解に苦しむ。

すると、隣から小さく舌打ちするのが聞こえた。

「……やっぱり、もう手遅れかな。とっくに支配は解けているのに、心がすり減ってる」

「え？」

フェルの呟きに、ソフィアは声を上げる。

しかし、フェルを追求する暇もなく。

すると、その時だった。

――ドタン！

大きく会議室の扉が開く。

「ようやく来たか……」

誰が来るのか知っているのだろう。

不敵な笑みを浮かべるエリック。

「……ディック」

その声に、一同は扉に注目する。

しかし……。

「そうそう何度も、出し抜けると思わないでほしいものだな」

扉から現れたのは、侍女服姿のシルヴィアだった。

そして、その脇にはぐったりとした様子のディックが抱えられていた。それを見たエリックの表情は今度こそ驚愕に染まる。

「なっ、ディック⁉」

まさか、ディックがやられるとは思わなかったのだろう。

「どうやらお前たちの組織は一枚岩じゃないようだな。護衛たちの解放を手伝い、すでに屋敷から撤収しているぞ」

そう言って苦笑を浮かべるシルヴィア。

オーギュストやジョージまで解放されている現状、シルヴィアの言っていることが嘘ではないことは明らかだ。

部屋の外からは戦闘音が聞こえないということは、つまりそういうことだろう。

それを理解したセドリックが、冷めた視線でエリックを見た。

「憐れだな、エリック」

「っ……」

心の底から憐れまれたことに、屈辱を感じたのか歯ぎしりをする。

だが、もうエリックに勝ち目はない。逃走をしようにも、前にはアルフォンスやロレッタ。後ろにはシルヴィアがいるため、完全に挟み撃ちされている。

そんなエリックに、セドリックは後悔するように言った。

「お前のことをしっかりと指導できなかったのは、間違いなく私の責任だろう。仕事にかまけて、息子のことをおろそかにしていた……」

セドリックはそう言うと一息つく。

そして、怒りを込めた声で言い放った。

「だが、これは何だ⁉　小娘一人に誑《そその》かされて、自分が何をしたのか分かっているのか！　それに、そもそもあの女はお前のことを利用していただけだと何故気づかない！」

それは親としての一言だ
きっと、これが最後の一言になると思っての一言だ。

「……るい」

「お前……」

セドリックの一言に答えたのは、エリックではない。

シルヴィアに抱えられていたディックだ。意識を取り戻したディックは虚ろな表情でセドリックを見た。

そして、今度ははっきりとした口調で言い切る。

「利用、されていたと、して何が悪い！」

まるで利用されていることを自覚しているような一言に驚く。

そして、エリックもそんなディックを一瞥してからセドリックを見据えた。

「ディックの言う通りだ。利用されている……そんなこと、捨てられた時に気づいたさ。アイナが必要としていたのは公爵家嫡男であるエリック＝ダージリン。その肩書のない俺は必要ないんだよ」

「ならば、何故だ⁉」

――何故、こんな馬鹿なことをした。

そんな思いが込められた問いに、エリックは狂ったような笑いではなく、自虐の笑みを浮かべる。

「そいつが死ねば、きっとアイナは喜んでくれる。もう一度、振り向いてくれるかもしれない……そう思ったからだ」

「ディック、それにエリック様も……」

ソフィアは何と言えばいいか分からなかった。

恋は盲目……精神支配は関係なく、二人はアイナに好意を寄せていた。そして、諦めきれなかった二人は、地獄への道であろうと突き進むことを選んだのだろう。

「馬鹿だ」と誰もが思ったはずだ。

しかし、笑い声は上がらない。笑う気にもなれないのだろう。

そして、それは唐突に起こった。

「「ぐ、ぐわぁあああああ！！？」」

突然、二人は胸をおさえてその場で膝を着く。

「なんだ、何が起こっている！」

二人の苦しみ様に、慌てる一同。

魔道具による体への負担が原因か、いや……。

（人形が崩れて……）

ソフィアとフェルは、二人のすぐ後ろを飛ぶ人形が急速に崩壊していく光景を見る。

まるで、彼らの命がその人形に連動しているようだ。

「ねぇ、お姉さん。お姉さんは、二人を助けたいの？」

周囲が慌て始める中、フェルが神妙な声で尋ねてきた。

「え？　それはどういう……」

「失われた命は戻らない。けど、お姉さんなら二人の命を延命することはできる。けど、あの二人が生きていればまた命を狙うかもしれないよ」

（二人を助ける、私が……？）

フェルの言う通り、生きている限り彼らはソフィアを狙い続けるだろう。

だとすれば、このまま見捨てた方が良いはずだ。

しかし……。

「お姉さんは、どうしたいの？　誰かの決めた自分ではなく、ソフィアという個人としての意見が聞きたい」

（私の意見……）

貴族としての自分であれば、見捨てることが正解だろう。

だが、ソフィアの意見は……。相手は、ディックとエリックだ。救うだけの価値があるのか。

ゆっくりと流れる時間の中で、ソフィアは考える。

『私のこの人生は、辛いことはあったが満足だった。ソフィア、あんたも本当にやりたい後悔のない道を選びな』

ふと、母の言葉が思い出される。

自分のやりたいこと……。

振り返るのは、婚約破棄されたあの日から今日まで。

国外追放をされた自分は魔国へ行って何を思ったのか。

魔国で料理人に何故なりたいと思ったのか。

そして、クルーズたちと再会してどう思ったのか。

ベンガルまでの道のりで見つけた漠然とした答えは……。

――料理を食べてもらって、絶望に苦しむ人でも食卓では笑顔になってもらいたい。

それがソフィアの出した答えだった。

ソフィアの思いが形となり、固有スキル【料理魔法】に変化が訪れた。

――固有スキル【料理魔法・慈愛】。

それが、ソフィアの傲慢を貫くための答えだった。

エピローグ

「美味しい！！！」

その日の夕方。ソフィアたちの姿は、激しい戦闘のあまり原型をとどめなくなった会議室ではなく、食堂にあった。

そこで、何をしているか。

「やふぁい、やふぁい！　おいひふひへ、ほっへおひひゃう」

「ふぇ、フェルちゃんお餅みたいにほっぺたが落ちてます！　ほほ袋ですか⁉」

「ほふぃあ」

「ロレッタさんまで⁉」

幸せそうな表情で、頬っぺたをとろけさせる二人。

いったいどういう体の仕組みをしているのか、ソフィアには不思議でならない。一方で、もう一人の少女はと言えば……。

「はぐっ、はぐっ、はぐっ……」

『にゃっ、にゃっ、にゃっ……』

猫と一緒に一心不乱に食べ続ける。

なぜ勝負になっているのかもう意味が分からない。しかし、幸せそうな一人と一匹の姿を見て、何かを言う気にはなれなかった。

「ソフィアちゃん、本当においしいですね！」

「フローラちゃんの口にもあったようで、よかったです」

「もちろんです！　ソフィアちゃんの作る料理で、口に合わないものなんてありませんよ！　間違いなく、世界一美味しい料理です！」

「ありがとうございます」

大げさだなと思いながらも、ただこの笑顔がまぶしかった。

ただ、気になったのはオーギュストの表情だろうか。幸せそうな表情を浮かべていたのもつかの間で、まるでヘルキャットに鈍器で殴られたようなショックを受けていた。

いったい何だろうかと思っていると……。

「ソフィア、久しぶりだな。元気そうで安心した」

今度はアレンが声をかけてくる。

相変わらず女の子のように可愛らしい。成長したらアルフォンスのような、いやもっと小動物のような可愛らしい青年になることだろう。

ただ、本人にそれを伝えるとひどく落ち込むので、あえて指摘はしないが。

「アレン様こそ、お元気でしたか？」

「もちろんだ。ソフィアが作ったホットケーキ、本当においしいな。できれば今度……」

アレンがそこまで言いかけた瞬間、隣で「コホン、コホン」とフローラがむせていた。

「フローラちゃん大丈夫ですか！　すぐにお水を用意しますね」

そう言って、慌てて水を用意するソフィア。

その間、二人の表情を窺うと、互いに熱く見つめ合っていた。

（お二人は本当に仲がいいですね。もしかして、お付き合いをされているのでしょうか？）

と、当人たちが知ったら、心底嫌がりそうなことを思うソフィアだった。

「おおっ、美食の女神ソフィア様……いいえ、そんな言葉ではもはや言い表せませんね。ふむ、ここはシンプルに我が神……」

「絶対にやめてください！」

一回り以上年上の男性から、「我が神」と言ってひざまずかれるなど真っ平ごめんだ。

周囲を見渡せば、特にヤグルマギクの部下たちを見れば、もはやソフィアに対する視線は信仰色が混じっていた。

いったい何をしているんだこの男は、そう思ってしまうのも無理はない。

残念そうな表情を浮かべるマルクスに立ち上がるようにお願いすると、ようやく目線を合わせて会話をする。絶対にソフィアよりも高い視線にならないのが、マルクスの業の深さを感じさせる。

それから、少しの間あいさつ程度に会話を交わすと、今度は本命であるセドリックの元へと向かった。アルフォンスと話をしているようだが、こちらに気付くと手を軽く上げた。

「お久しぶりです、宰相様」

「ソフィアか。こうして、元気なお前と相まみえることができて、心から嬉しく思う」

「ありがとうございます！　私のような役立たずにそのような寛大なお言葉、身に余る光栄でございます！」

「あ、ああ……」

ソフィアが感極まっていると、セドリックは反応に窮した様子だ。

しかし、ソフィアはそんな変化には気づかず、ちらりとそばにいるトリスタンに視線を向けた。

彼は、ソフィアの視線に気づくことはなく、ただ一点を見つめている。

(フェルちゃんに一目ぼれしちゃったみたいですね)

外見だけは、それこそ傾国や傾城と形容していいほど整っている。

内面をよく知るソフィアとしては、正直トリスタンの恋は応援できそうにない。父親と似て真面目そうで、フェルのそばにいたら、毎日胃を押さえている光景が目に浮かぶからだ。

それから、セドリックといくつか言葉を交わして、その場を去る。

「行くのか？」

食堂を出ると、まるで待っていたかのように待機していたシルヴィア。きっと、この後ソフィアがどこに行くのか見当をつけていたのだろう。

「お見通しですか？　まだ目が覚めていないようですが、一応様子だけ確認に」

「行くついでにとどめを刺すと。なかなか恐ろしいことを考えるな」

「刺しませんからね！」

互いにひとときしり笑い合うと、ディックとエリックが眠る部屋へと向かった。

「……」

ディックもエリックもひどい状態だった。

魂の状態は、フェル曰くだいぶ良くなっているという。しかし、肉体に負ったダメージはソフィアの力では治すことはできない。

禁忌魔道具の影響で、肉体に変質が起こっているのだ。

もはや、普通の人間としての生は失くなったも同然。いつ目が覚めるのかも分からず、このまま寝たきりの可能性も……。

「なぜ……………………生か、した……」

今にも消えそうな小さな声。

しかし、静寂が包み込む一室にはよく響いた。誰の声だったのか、そんなことすぐに分かった。

「エリック様、気が付いて……」

ソフィアは声をかけたものの、明確な返答はない。

ほとんど意識がない状態なのだろう。そして、その隣にいるディックもまた、意思をほとんど感じさせない目でこちらを見ていた。

その二人に対して、ソフィアは最後の言葉になるかもしれないと思いながら、口を開く。

「私がそうしたかったからです」

「「……」」

「確かに、見捨てるという考えもありました。……ですが、どうしてでしょうかね。あなた方を見ていると、なぜか私の心が苦しかったんです。目的を失って、生きる気力を失って、それでも失いたくないもののために足掻いて苦しんで……それが、まるで自分のことのように感じてしまって」

「「……」」

「二人にとっては迷惑かもしれませんが、勝手に同情してしまったのかもしれませんね。…………あっ、でもだからと言って許すつもりはありませんからね！　特にディック、元気になった時は覚えていてくださいよ。馬車馬よりもさらにこき使ってあげますから！」

そこまで言って、ソフィアは少しぼやけた視界のなか、二人を見た。

「だから、元気になってくださいね。そうじゃないと、二人ばかり復讐に燃えて、私だけ復讐ができないじゃないですか」

ソフィアがそう言った瞬間、一瞬だが二人はどこか微笑んだような気がした。しかし、それはきっとソフィアの見間違いだったのかもしれない。

ただ、気のせいだったかもしれないが……。

――すまなかった。

二人は、朦朧とする意識の中そういったような気がした。ソフィアはそんな二人を見て、柔らかい表情を浮かべると、そのままシルヴィアと一緒に食堂に戻るのであった。


「んで、どうだったっすか？」

湖のほとりにある豪華な別荘。

その一室では、二人の女性が顔を合わせていた。一人は、ヘクセと呼ばれる女性。もう一人は、ソフィアの妹であるアイナだった。

「結果は散々ね。決定的な駒は手に入らなかったわ」

アイナの手元には三体の人形が並ぶ。

タヌキのような体系をした商人、純白の鎧を着る騎士、魔銃を構える狙撃手の人形だ。その隣には、人形だったものらしき残骸が散らばっている。

「残念っすね。まぁ、その駒でも使い方次第では十分にパンドラの箱を開けるじゃないっすか？」

「ねぇ、あなたのその呼び方どうにかならないの？　そういうのは早めに卒業した方がいいわよ」

「うぐっ！」

アイナの言葉に胸を押さえるヘクセ。

尤も、そんな態度はどうでも良い。それよりも気になったのは、ヘクセが撮った何枚かの写真だった。

ダージリン公爵家の食堂を映した光景。

その中の一枚。姉であるソフィアと、女性と見間違えるほど美しい容姿をした銀髪の男性が仲良さそうに映っていた。

――トクン！

なぜだろうか。

アイナは、この銀髪の男性から目が離せなかった。自分でも理解できない感情が、湧き上がるのを感じてしまう。

それを見たヘクセが嫌らしい笑みを浮かべて、アイナを見た。

「おやおやぁ、これはもしかしてもしかするっすか？　って、今普通に攻撃したっすよね！　一歩間違えば、私の頭が剣で串刺しになっていたっすよ」

「つい」

何の感情もなく、アイナは光で作られた剣を消し去る。

そして、写真から視線を背けると窓の方へと向かった。その先には、三百を超える合成獣《キメラ》の姿があった。

その中には、エリックが連れていた昆虫竜の姿もあるが、その中では最弱だ。

「足りない。全然足りない……」

アイナのその声は、合成獣《キメラ》ひしめく湖のほとりに小さく響くのであった。

魔国の姫の後日談

エリックによる反乱から三日が経過した。

ベンガルでは多少の混乱こそあったものの、セドリックがその敏腕をふるい、フローラたちの協力もあって見事に事態は収拾することができた。

そんな日のお昼過ぎ。

「う～ん、こうしてお昼寝をするのって贅沢だよねぇ～」

魔国の姫ことフェルは、ダージリン公爵邸の天井で食後の惰眠を貪っていた。

シルヴィアが見れば説教をされること間違いないだろうが、幸いにも？　今は屋敷にいない。

エリックが連れていたとされる合成獣《キメラ》の調査に出ているとフェルは聞いていた。だからこそだろう。こうして働くこともなく、惰眠を貪れることがどれだけ幸せなのか考えてしまうのは。

「あれ？　トノは？」

ふと気づく。

先ほどまで自分と同じように惰眠を貪っていた白猫が、近くにいないことに。体を起こすと小首を傾げ、あたりを見渡す。

しかし、トノの姿はどこにも見当たらない。

どこにいったのだろうと思ったものの、トノが行く場所はだいたい決まっている。

「トノですか？　厨房には来ていませんよ」

フェルの問いかけに、首を横に振るソフィア。

「おかしいな。トノなら絶対厨房にいると思ったんだけど」

「確かに、トノならよくつまみ食いに来ますからね」

「うん。となると……」

当てが外れた。

では、トノはどこに行ったのだろうか。そう思って首をかしげていると、不意にダージリン公爵家のメイドに恐る恐る尋ねられた。

「フェル様は、この状況に違和感がないのですか？」

「へ？　この状況って……なにかドッキリでも仕掛けられたの？」

「いえ、そういうわけではないのですが……」

歯切れの悪い返答。

普段のダージリン家のメイドを知っていれば、この光景を見てさぞ驚いただろう。いったい何をそんなに動揺しているのか。

フェルは疑問に思って調理場を見渡すが……。

（特に変なことはないよね？）

結局、メイドが何を言いたいのか分からない。そんなフェルを見てメイドたちは「これが、魔国の日常……」と戦々恐々した様子だ。

「それじゃあ、私はもう少しトノを探してくるよ」

「分かりました。ああそれと、今日の夕飯はクマ鍋ですよ。新鮮なクマ肉が入りましたので」

包丁片手に鮮血にまみれたソフィアが、笑顔で手を振る。

どうやら、フォレストベアーが入ったようだ。肉が硬いことで有名だが、レベル六以上の料理スキルと正しい処理を行えば、肉質は柔らかくなり、少し癖があるものの噛めば噛むほど旨みがあふれると評判である。

フェルも王族ゆえに、何度か食べたことがある。しかし、それでも年に数度あるかないかという頻度で、随分と久しぶりだ。

「了解！　夕飯までには絶対に戻ってくるからね！」

メイドたちは、どういうわけかその光景を見て口元を引きつらせ、ただ一人料理長と思われる人物が「これだ、これ！」と興奮交じりに雄たけびを上げ、部下たちに取り押さえられている。

フェルはその光景を一瞥したのち、厨房を後にするのであった。

「さてさて、トノはいったいどこに行ったのかなぁ？」

フェルはダージリン公爵邸を出ると、ベンガルの城下町へと出ていく。

アッサム王国でも一、二を争う大都市であるベンガルは、これまで訪れたフラボノやラーベルよりも活気に満ち溢れていた。

フェルはその光景を三階建ての建物の上から眺めている。

猫の気持ちになって探すのが一番だと思ったからだ。

レンガ造りの建物が立ち並び、広場の噴水を囲うように出店が立ち並ぶ。夏の暑さに、平民の子供たちが水遊びをし、大人たちはその光景を微笑ましそうに見ていた。

高層ビルが立ち並ぶエスプレッソ出身であるフェルにとって、どこか心温まるこの光景はとても新鮮だった。いつまでも見ていたい、そしてスケッチをしていたい衝動に駆られるが、そんなことをしていてはいつまで経ってもトノを見つけることはできないだろう。名残惜しく思うが、この場を後にしようと立ち上がる。

「あれって、確か……」

視界の端に見覚えのある人物が映った。

金髪の、少し長めの髪が特徴の男の娘、アレン＝フェノールだ。近くで見ても女の子にしか見えないのだから、遠目では余計に女の子にしか見えない。

本人は自分の容姿に強いコンプレックスを抱いているようだが、フェルとしては非常に個性的でいいと思う。

本来の目的とは違うが、せっかくだから何をしているのか見ていこうと、フェルは屋根の上から飛び降りた。

「アレンちゃん、何してるの？」

「ひゃっ！　お、おま……マオウ殿か。驚かさないでくれるか」

「『ひゃっ！』だって！　えっ、やっぱり女の子じゃないの？　なんか、かっこつけているけど全然似合わないね」

「余計なお世話だ！　なんなんだ、お前は！　突然現れて……って、いったいどこから現れたんだ！」

「どこからって、普通にそっからだけど？」

そう言って、フェルは三階建ての建物の屋根を指さす。

「そこからって……」

フェルの非常識な言動に困惑するアレンだが、フェルがどこから現れたのか一部始終を見ていたものは多数存在する。そのため、周囲では「女の子が屋根から飛び降りてたぞ！」という声がちらほらと聞こえ、フェルに視線が集中する。

「アレン様、申し訳ございません。油断していたつもりはございませんが、こうも容易く接近を許してしまうとは……」

「良い。相手が非常識だっただけだ。次からは上からの注意を怠るなよ」

「はっ」

仮にフェルが暗殺者だったら、アレンの命はなかっただろう。

それが分かったからこそ、ジョージは深々と謝罪する。しかし、フェルは例外だとアレンはジョージを罰する気にはならなかった。

「それで、マオウ殿」

「ねぇ、そのマオウ殿ってやめてほしいんだけど。私とアレンちゃんの仲じゃん。気軽にフェルっちとかでも良いんだよ。」

「どんな仲だ⁉　お前とそこまで親しい仲になった覚えはない！　そもそも、アレンちゃんはやめろ！」

「んじゃあ、アレン君？　似合わないね」

「ほっとけ！」

すでにフェルのペースだ。

やはり、アレンはマルクスやフローラと違って常識的だ。打てば響くような突っ込みに、フェルはまるで獲物を見つけた猫のような目をする。

ぜぇぜぇと息を切らしていたアレンだが、すぐに体制を立て直す。

「それで、いったい何の御用で？」

努めて冷静にフェルに尋ねた。

「用？　そんなのあるわけないじゃん。ただ見かけたから、脅かしてみようかなって」

「自由すぎるだろう……」

「それが私だからね！」

と、フェルは胸を張る。

それに対してアレンは何を言っても無駄だと悟ったのだろう。深々とため息を吐くと、再び何らかの作業に戻った。

「何やってるの？」

「見て分からないか？　魔道具の調整だ……合成獣《キメラ》だったか、あれに傷一つ付けられなかったから、少しでも火力をあげておこうと思ってな」

「ふ～ん」

「お前が見ても何も分からんだろう。邪魔だからあっちに行け」

フェルが興味深そうに覗き見ると、アレンが煩わしそうにしっしと手を振るが、ふと何を思ったのかアレンはフェルに尋ねてきた。

「一つ聞きたい。あの合成獣《キメラ》とかいう魔物は、魔国ではどれくらいの強さに位置付けられているんだ？」

「合成獣《キメラ》って言っても、色々いるからね。それこそ、配合次第では強さの上限は分かんないし。けど、そうだなぁ……あの程度であれば、正直ただの雑魚だよ」

「雑魚、か……」

フェルの言葉が真実であると悟ったのだろう。アレンは遠い目をして、ジョージは自身の力のなさに歯を食いしばる。

そんな彼らを見て、フェルはこれ以上かける言葉が思い浮かばなかった。

（仮に、アレンちゃんが魔国に来たら、プロフェッサーを紹介するのもいいかもね）

と思いながら、フェルは黙々と作業をするアレンに背を向けるのであった。


それからも、フェルはトノを探し続ける。

ベンガルの町は広く猫一匹を探すのは困難だと思うのだが、トノがいるとすれば美味しそうな匂いがするところしかありえない。

そう思い、匂いを頼りに散策を続けていた。

「いらっしゃい！　どうだい、うちの串焼きは！　秘伝のたれを使って、これまた大評判よ！」

「巷で有名な胡椒を使ったスープだ！　値段は張るが、満足間違いなしだよ！」

「ドリンクはいかが！　この暑い季節、冷たい飲み物は体に染み渡るよ！」

至る所から声が響き渡る。

「ふわぁ～」

あまりにもにぎやかな光景に、フェルは思わず間の抜けた声が出てしまう。

トノを探すのをそっちのけで、あちこちに視線をさまよわせている姿は、はたから見れば間違いなくお上りさんだ。

フェルの幼いながらも整った美貌も相まって、道行く人々の視線を一身に浴びていた。

「そこの可愛らしいお嬢ちゃん。どうだいうちの串焼きは？　美味しいよ」

すると、一人の恰幅の良いおばさんがフェルに声をかけてきた。

その手には、食べ応えがありそうな大きさの串焼きが握られている。フェルは食べたい衝動に駆られるが、生憎とお金は持ち合わせていなかった。

「ううん、いいよ。今お金を持っていないんだ」

「そうだったのかい。もしかして、お嬢さんはお貴族様なのかい？」

「う～ん、まぁそんなところかな？　ちょっと、猫を探しているんだけど見なかった？　お腹がでっぷりとした白猫なんだけど」

「猫なら何匹もみたけど、そんな特徴の猫は見なかったね。おいっ、あんた！　この辺で太った白猫は見なかったかい？」

「あっ⁉　猫⁉　んなもん、今日一日で山ほど見たわ！」

「あたしだって見たさ！　それで、太い白猫は見なかったかい？」

「それだったら、確か教会の方で見たぞ。どことなく貫禄があるふてぶてしい猫だったぞ」

「それだっ！　おじさん、その教会ってどこにあるの！」

トノらしき目撃情報に前のめりで尋ねるフェル。

生まれて初めて見るあまりにも整った顔立ちに、中年の男性は思わずたじろぐ。フェルの期待するような視線を受けて、そっと教会の方を指さした。

「この道をまっすぐ行った先だ。今は教会の前で炊き出しをしているから、すぐに分かると思うぞ」

「分かった、ありがと！」

フェルはそう言い残すと、颯爽とその場を去っていくのだった。

「一列に並んでください！　慌てなくとも、全員分ありますから！」

教会の近くでは大きな人だかりができていた。

無償で食事が振舞われるのだから、当然なのかもしれない。シスターと思わしき女性が、大きな声を張り上げ、並ぶように呼び掛ける。

しかし、まるで意味がなかった。

（この中からトノを探すとか、ムリゲーでしょ……。というか、これって収拾つくのかなぁ？）

あまりの混雑ぶりに再び建物に屋根に上がったフェルは、眼下の光景を見てげんなりとした表情を浮かべる。

シスターたちの声は民衆には届かない。それは、神父の声もまた同じだ。熱狂した民衆の耳には彼らの言葉が届かなかった。

編纂魔法でも使おうかと思ったフェルであるが、それよりも先に錫杖が地面をたたく音が鳴り響いた。

「落ち着いてください」

まるで、鈴の音を転がすような美しい声が響く。

先ほどまで、シスターたちの言葉がまったく意味をなさなかった。しかし、それほど大きな声ではない少女の声が響いた瞬間、誰もがその声の主に注目する。

「聖女様だ……」

「なんてお美しいんだ」

「噂は本当だったんだ」

「じゃあ、隣にいるのは聖騎士のオーギュスト様」

「かっこいい……」

誰もが、フローラたちの姿に視線を奪われる。

その光景を後ろから見ていたフェルは、そのありようにちょっと嫉妬する。しかし、彼女たちには民衆の心を奪うカリスマ性があった。

「落ち着きましたか？　ここにいる全員分のご用意がありますので、ご安心ください」

それは、先ほどからシスターたちが訴えかけていた言葉と同じものだ。しかし、フローラが伝えることで、誰もが耳を傾け、冷静さを取り戻していく。

そして、そんな民衆にまるで聖母のごとき微笑みを向けると、フローラは聖書の教えを説き始める。

（お姉さんの言う通り、すごい人だなぁ……）

その光景を見たフェルは思わず感心してしまう。

それから十分ほどの短い時間フローラの説教は続いた。誰もが心を奪われたように、フローラの言葉を聞き、名残惜しそうに彼女の後姿を見送っていた。

そして、フローラの姿が見えなくなると、シスターたちの案内に従い、列をなしていく。それを見たフェルは、さらに感嘆の息を漏らすと、屋根の上から教会に忍び込んだ。

「北部にある教会とは比べるのがおこがましいくらい綺麗だよね。ホラーとラブロマンスくらいの違いだね」

脳裏に浮かぶのは、魔国北部にある荒廃した教会。

あそこはヴラド＝ドラキュリアが治めるアンデッドの楽園だ。無数に教会があるが、ここはえらい違いである。

フェルの言う通り、映画に出るとしたら、こちらの教会はラブロマンスの撮影に。北部の教会はホラーの撮影に使われることだろう。

と、そんなことを思っていると……。

「ソフィアちゃん、ソフィアちゃん、ソフィアちゃん、ソフィアちゃん、ソフィアちゃん、ソフィアちゃん、ソフィアちゃん、ソフィアちゃん、ソフィアちゃん、ソフィアちゃん……」

「ごめん、こっちも十分にホラーだったよ」

ソフィアの写真を眺めながら、タオルに顔をうずめる白髪の少女の姿があった。

前髪に顔が隠れて一瞬誰なのか分からなかった。しかし、その特徴的な髪の色や、服装からすぐに誰なのか分かる。

しかし、フェルの知るその人物と目の前にいる人物はあまりにも乖離していて……。

「「…………………………」」

二人の間に、無言の時が流れる。

いったい、どれくらいの時間が経ったのだろうか。フェルの目の前にいる白髪の少女は、枕の下に写真とタオルを隠し、乱れた髪を直すと、ベッドの端に腰かけた。

「何か用ですか？」

「なかったことにした⁉」

いくら何でも無理があるだろう。

そう思うが、フローラの態度は「何かあったのかしら？」と心底不思議そうに首をかしげるだけ。

まるで、おかしいのはフェルの方だと言いたそうな表情だ。

「それにしても、魔国の姫が淑女の部屋に無断で訪れる変態さんでしたとは……。意外な事実ですね」

「いくら何でもあなたに変態扱いされたくないよ！　というよりも、私の憧憬を返せ！」

先ほどカッコいいと思ってしまった自分がいる。

しかし、目の前の少女を見て、どこにカッコいいと思う要素があるのだというのだろう。聖母のような慈愛に満ちた微笑みはなく、無表情で無機質な視線がフェルを貫く。

「フローラ、何かあったのか？　っ、あなたは、魔国の……いったいどうやってここに」

中の異変を感じて現れたオーギュストが、フェルの姿を見て剣呑な雰囲気を醸し出す。ジョージ同様に、仮にフェルが暗殺者であった場合フローラの命はなかったと考えたからだろう。

「やめなさい。窓から不法侵入をする相手ですよ。こういった変質者に常識は通用しませんよ」

「「……」」

フローラの言葉に、フェルだけでなくオーギュストもまた微妙な表情を浮かべる。

ちらりと部屋の中を見渡せば、本当にどこから仕入れたのだろうか。あらゆる角度から隠し撮……撮影されたソフィアの写真が貼られているではないか。

――お前にだけは言われたくない！

声にならない二人の声が響き渡ったような気がした。

この時ばかりは、フェルとオーギュストの心が一致するのであった。

「それで、用件は何でしょうか？　ああ、それとお兄様。一応お客人だから、お茶の用意をお願いします」

「いや、そういうのは侍女の仕事で、私の仕事では……」

「何か不満でも？」

「誠心誠意お茶を淹れさせていただきます」

「この数分で、二人に対する印象が一転しちゃったよ。お姉さんの前とはすごい違うんだけど、この人……」

兄を顎でつかう聖女……。

先ほどの光景を見た信者が見たら、きっと発狂してしまうだろう。それほどまでに、フローラの裏の顔は表の顔と正反対だった。

「えっと、別にお茶はいらないよ。ただ、こっちにトノ……白いデブ猫が来たと思うんだけど、見てない？」

「白いデブ猫……あぁ、あのふてぶてしい猫ですね。そういえば先ほど見かけましたね。炊き出ししている列に並んで、三人前をぺろりと平らげて屋敷の方へ行ったと聞いています。魔国の猫って大食らいなのですね」

「いや、トノが少し特殊なだけだよ。私のご飯もよく食べられちゃうし」

「本当にふてぶてしいですね」

とどこか呆れたように語るフローラ。

もはや、表向きの猫の皮は脱いでいた。ソフィアにさえ見せない、いやソフィアには絶対に見せられない顔で、フェルと接している。

「それはそうと、話は変わりますけど」

「うん？」

なんだろうか。

まるでヘルキャットの上位種、デビルキャットにでも出会ったような悪寒を覚える。デビルキャットは、悪魔の虎と呼ばれ、名前ほど可愛らしい存在ではない。それこそ、先日現れた合成獣《キメラ》程度であれば、相手にもならないほどの強さだ。

嫌な汗をかきつつ、近づきつつあるフローラから距離を取る。

「ソフィアちゃんのことです。魔国ではどんな生活を送っていたのか、詳細に教えていただけませんか？」

「詳細に、とは？」

近づくフローラと、距離をとるフェル。

聖女に貸し出された部屋というだけあって、かなり広い。しかし、部屋のスペースは有限だ。しばらくすると、フェルの背中が壁に当たる。

そして、慈母のような笑みを浮かべるフローラが、フェルに息がかかるほど近づいて囁いた。

「ソフィアちゃんが朝何時に起きて、何時に寝たのか。昼間は何をしているのか。それと、親しい交友関係について。あとは、そうですね……あの仲が良さそうなシルヴィアとかいう女性についても教えていただけますか？　そう言えば、あなたもソフィアちゃんとはすごく親しいのでしたよね。時間ならたっぷりありますので、お話を聞かせていただけませんか？」

「ひっ」

フェルは、フローラに対して本能的に恐怖を抱いた。

世界が味方をしようと、怖いものは怖い。背筋に氷をいれられたような感覚を覚え、顔色を真っ青にする。

「ご、ごめん急用を思い出した！」

魔王の娘は、聖女を前に逃亡した。

背後にある壁を編纂し、透過する。ちょうど、隣は給仕室だったのだろう。転がるように壁から現れたフェルに、お茶を用意していたオーギュストが目を丸くする。

「あの人、滅茶苦茶怖いんですけど！」

「なぁに、一緒にいればいつかは慣れるさ。ああ、きっといつかはな」

「おぉう、悟りを開いていらっしゃる。オーギュストさん、強く生きてね」

「ああ、もちろんだとも。あぁ、それとそこから出れば屋敷に着くから、ソフィア様のそばから離れないようにするといい」

短い時間だったが、オーギュストとは仲良くできそうだと本能的に理解したフェル。聖女が現れる前に、聖騎士の助言を得て教会という敵地から脱出するのであった。

「ひどい目にあったよ……」

屋敷への帰路をトボトボと歩くフェル。

フローラの異常性。そして、そのフローラに対して一歩も引かず対抗できるアレンのすごさに今更ながら気が付く。

（お姉さんの周りって、本当に癖のある人が多いよ。お姉ちゃんも、ロレッタも、それからアルフォンスやセドリックおじさん、アレンちゃんにフローラさん、あとは……）

あと一人いたなと思いだすフェル。

マルクス＝ヤグルマギク。年が一回り以上違うため、それほど会話をした覚えがない。しかし、ソフィアたちと同じワーカーホリックで、根っからの商人ということが分かった。

そして、美味しいものに目がないということも。

（マルクスさんは、比較的まともなのかな。お姉さんの料理に骨抜きにされているということ以外は、特におかしなところはないし）

そんなことを思って、歩いていると不意に聞き覚えのある声が聞こえてきた。

「貴様、我が神を愚弄するか！」

「い、いえ、そんなつもりは⁉」

「だったら、なんだこの像は⁉」

「……」

フェルは、声がした工房を静かに覗く。

そこには……。

「我が神の、あの神々しい姿を後世に残すのだ！　誰が、銅で作れといった！　金に決まっているだろう！」

職人を指揮監督するマルクス。

そして、その視線の先では、マルクスフィルターがかかった神々しいまでのソフィアのブロンズ像ができていた。

そして、ここにもなぜかソフィアの写真が置かれている。

しかも、エリックたちに占拠されていた時のものだ。いったい誰が撮影したというのだろうか。

(なんか一人だけ心当たりがあるんだけど)

脳裏に浮かぶのは、糸目の男。

ラーベルで出会った、非常に胡散臭い情報屋だ。秘密だらけの彼であれば、カメラを持っていても不思議ではない。

そして、あの時こっそりと撮影していても不思議ではなかった。

しかし、そんなことよりも……。

「我が神の神々しい姿は、後世に残すものだ！　手抜きは許さんぞ！　それと、バイブルの作成も急げ！　すでに聖女からは賛同を得ている。我々でソフィア様を本物の神にするのだ！」

『おぉおおおお！！！！！』

マルクスの言葉に同調する、部下たちの雄たけび。

その光景を見たフェルは、そっと視線を逸らす。もはや、彼らに突っ込みを入れること自体が間違っていると悟ったからだ。

(人間って、すごいなぁ……。ただ、一つだけ思うのはアレンちゃんが一番いいよ。この三人の中だと)

この一日だけで、フェルの人間に対する考えは改められるのであった。

「トノ、つまみ食いはだめですからね。シルヴィアも」

屋敷の厨房には、ソフィアだけでなく、トノやシルヴィアの姿もあった。

外からも匂ってきた鍋の匂い。暑い夏というのに、なぜこれほどまで食欲を刺激するのであろうか。

「あっ、フェルちゃんお帰りなさい。トノなら、少し前に帰ってきましたよ」

『にゃぁ』

ソフィアがなでると、トノが渋々といった様子で静かにしている。

嫌がっているように見えるが、実はなでられることは嫌いではないのだ。ソフィアもそれを理解しているため、微笑ましそうになで続ける。

「ただいま……」

「ただいま戻りました」

次に現れたのは、ロレッタとアルフォンス。

まるで死んだ魚のような目をしているロレッタと対照的に、アルフォンスは生き生きとしているではないか。

そして、遅れるようにしてセドリックやその執事であるセバスチャンも姿を現した。

「いやぁ、翻訳魔法は便利ですね。今日一日でどれほど仕事がはかどったことか。これからも、ロレッタさんには私の補佐をしてもらいたいですね」

「まったくもってその通りだな。国交が回復したら、是非とも私の補佐として働いてもらいたいものだな」

「絶対に嫌。この兄弟、絶対に頭がおかしい」

げんなりとするロレッタとは対照的に、セドリックとアルフォンスは火花を散らす。セバスチャンもまた、まるで獲物を狙うような目でロレッタを見ていることから、考えていることは同じなのだろう。

尤も、本人にその気はないようだが。

「ソフィアちゃん」

「ソフィア」

「我が……ゴホン、ソフィア様」

それからしばらくして。

三人が競うようにして中に入ってきた。

「ちょうどいいタイミングですね。夕食の準備も整いましたし、少し早いですが夕食にしませんか？」

ソフィアの提案に否定の声が上がるはずもなかった。

フェルは、ソフィアから頼まれて食堂の気温を下げると、気になって尋ねる。

「なんで、鍋にしたの？」

「だって、夏に鍋ってなんだか贅沢って気がしませんか？　それに、ここにいるみんなで同じ鍋を食べるというのも、型外れだとは思いますが、とても楽しいではないですか」

そう言って、微笑むソフィア。

その日の夕食。いったい何人分あるのかと疑いたくなる巨大な鍋を囲うフェルたち。全員が一癖も二癖も性格に難がある者たちが、同じ鍋を食べていた。

「あのクマがこんなにおいしくなるのか」

「臭みが少しありますけど、それが癖になりますね。噛めば噛むほど旨みがあふれてきて……さすがはソフィアちゃんです！」

「おおっ、すぐにでも像を完成させなくては」

アレンが静かに舌鼓を打ち、フローラは感激したようにソフィアに話しかける。マルクスについては……もう放置しておこう。手遅れだ。

「ふっ。甘いな、トノ。毎度毎度私から肉をかすめ取ろうなど……あっ」

「シルヴィア、甘い。トノッ！」

『にゃぁ』

もはや何が起こっているのやら。

ものすごいスピードで、クマ肉が二人と一匹の間を巡る。競わないで、他のを食べればいいのにと思ってしまうのは、きっとフェルだけではないはずだ。

ソフィアもまた苦笑を浮かべて、楽しそうにセドリックやアルフォンスたちと仕事の話をしていた。

誰もが性格に一癖も二癖もある面子。

しかし、食卓の上で浮かべている表情は心からの笑顔だ。

この光景を見て、フェルは思う。

（やっぱり、お姉さんってすごいよね）

第三巻了

あとがき

皆様、お世話になっております。みたらし団子です。

この度は、『元公爵令嬢の就職3』を手に取っていただき、誠にありがとうございます！

こうして、三巻目を皆様のお手元に届けることができて、作者としては感謝感激です！


三巻はいかがでしたか？

Ｗｅｂ版とは違い、ヘクセやアカシヤという新キャラクターを加え、ボリュームアップした内容となっています。

これにて、アッサム王国内の騒乱は終了です。「あれ、誰か忘れているような気が……」と、思われるかもしれませんが、きっと気のせいです。王太子は空気ではありませんから。今後存在感を出してくれる……はずです。ちなみに、セドリック＝ダージリンは王様ではなく、宰相ですよ（笑）。……国王以上に目立っていますけどね。


皆様は、和菓子はお好きですか？　私は、当然大好きです。特にみたらし団子が好きで……みたらし団子の魅力についてはまた後の機会にということで。

今回は、お饅頭について触れてみたいと思います。お饅頭の起源は中国でかの有名な軍師「諸葛孔明」が最初に作ったといわれております。そのお饅頭が日本に伝わってきたのは室町時代のことで、お肉ではなく小豆を入れたことで和菓子のお饅頭が誕生したとのことです。

そんな日本には、日本三大饅頭が存在していることをご存じでしょうか。東京都の「志ほせまんじゅう」、岡山県の「大手まんじゅう」、そして福島県の「薄皮まんじゅう」です。

この度、私ことみたらし団子は郡山駅前にある本店で「薄皮まんじゅう」を頂いてきました。あまりの美味しさに感銘を受けました！　しかも、粒あんだけではなく、こしあんもあるんですよ。粒あんのざらっとした触感が苦手なみたらし団子には、うれしい配慮です！

饅頭って美味しいですよね！　残りの二種類も是非食べに行かなくては。

最後にＴＯブックス様、並びに出版関係者様、本作の出版にお骨折りいただきまして誠にありがとうございます！　担当編集者様には、感謝してもしきれないほどです！　こうして三巻目を出版できたのは皆さまのおかげです。

そして、イラストレーターのNardack様。素晴らしいイラストの数々ありがとうございます！

読者の皆様、この本をお手に取っていただき、誠にありがとうございます。願わくば、今後とも作品を通して末永くお付き合いできれば幸いです。

コミカライズ
予告漫画
元公爵令嬢の就職
～料理人になろうと履歴書を提出しましたが、ゴブリンにダメだしされました～
漫画：森野眠子
原作：みたらし団子
キャラクター原案：Nardack
〝さあ〟
パチーン
〝料理を始めましょう〟
ひょいっ
ぺちっ
はらり

はあ!?
いや ちょっと待て なぜもう3枚に捌《さば》いてある!?
普通に捌いただけですが…?
?
これがレベル10の力か…
一瞬だったぞ
あっ 鍋の準備を忘れてましたね
パチーン
ぱかっ
ふわっ
〝お鍋さんよろしく〟
ひっ
スゥ…
ぱしっ
ありがとう

元公爵令嬢の就職 3
～料理人になろうと履歴書を提出しましたが、ゴブリンにダメだしされました～

2020年 8月 1日　第1刷発行

著　者　みたらし団子

発行者　本田武市

発行所　TOブックス
〒150-0045
東京都渋谷区神泉町18-8　松濤ハイツ2F
TEL 03-6452-5766(編集)
0120-933-772(営業フリーダイヤル)
FAX 050-3156-0508
ホームページ　http://www.tobooks.jp
メール　info@tobooks.jp

印刷・製本　中央精版印刷株式会社

ISBN978-4-86699-012-5